大活字本シリーズ

きつねのはなし

森見登美彦

《上》

埼玉福祉会

きつねのはなし

上

装幀　巖谷純介

目次

きつねのはなし……七
果実の中の龍……一三九

きつねのはなし

きつねのはなし

○

天城《あまぎ》さんは鷺森《さぎのもり》神社の近くに住んでいた。

長い坂の上にある古い屋敷で、裏手には常暗い竹林があり、葉の擦れる音が絶えず聞こえていた。芳蓮堂《ほうれんどう》の使いで初めて天城さんの屋敷を訪ねたのは初秋の風が強い日で、夕闇《ゆうやみ》に沈み始めた竹林が生き物のように蠢《うごめ》いていたのを思い出す。薄暗い中に立つ竹が巨大な骨のように見えた。

私はナツメさんに渡された風呂敷《ふろしき》包みを脇《わき》に抱えて、冠木門《かぶきもん》をくぐった。前もって言われていた通り庭にまわり、沓脱《くつぬ》ぎの前に立って声をかけると、座敷の隅の暗がりから天城さんが出てきた。群青色《ぐんじょういろ》の着流し姿で、眠そうな顔をしていた。細長い顔には生気がなく、青い無《ぶ》精髭《しょうひげ》がうっすらと顎《あご》を覆《おお》っていた。

「芳蓮堂から参りました」

私は低頭した。

「ごくろうさん」

天城さんは憮然《ぶぜん》とした顔をして、私を奥に案内した。

屋敷の中はどこまでも暗い。天城さんはあまり明かりを好かないということを後に知った。長く冷たい廊下をひたひたと歩き、伏せていた眼を上げると、天城さんの着流しの袖《そで》からのぞく骨張った手首の白さだけが、闇に浮かぶように見えた。

○

芳蓮堂は一乗寺《いちじようじ》にある古道具屋である。六畳間ほどの広さにさまざまな古道具が並んでいた。ナツメさんが自嘲《じちよう》的に言ったように、格別由緒《ゆいしよ》正しい骨董《こつとう》屋ではない。古くて面白いものであれば何でも扱う。だからこそ私のように専門的知識を持たない学生が、アルバイトすることもできたのである。そのくせ、京都のそこそこ老舗《しにせ》と言われる骨董屋ともよく連絡を取り合っていたようで、私には分からないつながりがあったらしい。

ナツメさんの年齢は分からない。おそらく三十歳過ぎだったろう。私が彼女に初めて会ったのは大学二回生の頃であった。当時、私は弁当の宅配をしていて、彼女の店へ配達に訪れたのである。弁当を携えて表の硝子戸《ガラスど》を開けると、からんと音がして、奥の椅子《いす》に腰掛けていた彼女が立ち上がった。涼し気で優しい眼をしていて、背が私よりも高かった。綺麗《きれい》な人だなと思った。

それきり忘れていたが、三回生になってバイトをやめてしまったあと、ふと思い出して遊びに行った。何を買うつもりもなかったけれど、彼女と話すきっかけが摑《つか》みたくて、陳列してある煙草盆《たばこ》や根付《ねつけ》について何やら尋ねたように思う。それから世間話をした。「僕はここに弁当を届けたことがあるんですよ」と私は言った。驚いたことに彼女はそのときのことを覚えていた。

「代金を渡したとき、あなたの手がとても冷たかったのを覚えています」

彼女はいつもそんな風に、少し強張《こわば》ったような喋《しゃべ》り方をした。

「冬でしたからね」と私は言った。

「あれが初めてお弁当を宅配してもらった日だったのですが、それきり宅配を頼むのはやめてしまいました。あの手がとても冷たくて、可哀相《かわいそう》でしたから」

そう言って彼女はすまなそうに笑った。

硝子戸に張り紙がしてあって、アルバイトを募集している旨《むね》が書かれていた。弁当屋をやめてしまったこともあり、私は一風変わったアルバイトを始めてみたくもあった。私がそう言うと、ナツメさんはふわっと緊張が解けたような笑顔を見せて、ぜひお願いしたいのですと言った。

週末になると私は一乗寺の芳蓮堂を訪れるようになった。

仕事は簡単だった。店番をしたり、車を運転して荷物を届けたりというたぐいである。毎月第一日曜は東寺、二十五日には北野天満宮というように市が立つ日には、数日前からナツメさんがこつこつ準備をして、当日の早朝に私がバンを運転して荷物を運んだ。ナツメさんも免許は持っていたが、車を運転するのがひどく恐いらしく、私が働くことになってホッとしたと言って笑った。

いやに細長い奇妙な座敷に通された。畳に革張りのソファが置いてあった。三方を囲む襖《ふすま》には、奇妙な絵が描かれている。左手は障子になっていて、その向こうは庭らしい。貼《は》り替えたばかりのような障子が青白く光り、奥のソファに力なく腰掛けた天城さんの顔を照らしていた。座敷がやけに細長いので、天城さんがひどく遠くに座っているような気分になった。

「見せたまえ」

天城さんは銀のシガレットケースから小指ほどの両切り煙草を取り出し、火を点《つ》けながら呟《つぶや》いた。

私は風呂敷を解き、取り出した袱紗《ふくさ》の包みを木のテーブルに置いた。袱紗を静かに開くと、中から現れた漆塗りの小さな箱が、薄暗い部屋の中で艶《なま》めかしく輝いた。蓋《ふた》にはでろりとした蛙《かえる》の蒔絵《まきえ》が描いてある。ナツメさんから中を見てはいけないと言われていた。私はそのまま、その黒光りする小箱を天城さんの方へ押しやった。

「開けてくれたまえ」

天城さんは煙を吹きながら言った。

「中を見ないようにと言われておりますので」

私は頭を下げた。

天城さんは唇をねじ曲げるようにして笑った。煙草の火が夕闇の中でじうじうと音を立てた。ひどく嫌な匂《にお》いのする煙が鼻をついた。ふいに私は悪寒《おかん》を覚えた。

ナツメさんから、天城さんは特別なお客様だと聞かされていた。私は金持ちでぽてぽてに太った好々爺《こうこうや》を想像していたが、天城さんはそんな気楽な想像からかけ離れた雰囲気を漂わせていた。五十歳ぐらいだろうか。

「君、名前は？」

天城さんはぼんやりと私の顔を眺めながら言った。

私は少しためらってから「武藤と言います」と答えた。

「いま、ためらったね。どうしてためらったの」

天城さんは言った。

「そうですか？」

私はそ知らぬふりをして言った。

天城さんはふんと鼻を鳴らし、

「まあいい。これからもよろしく」

と言い、闇を塗り籠《こ》めたような小箱を手元に引き寄せた。

○

もともとナツメさんは東京に住んでいた。芳蓮堂を営んでいたのは彼女の母である。父は彼女が幼い頃に亡《な》くなったと聞いた。彼女の母は一人で芳蓮堂を続けていたが、病に倒れた。ちょうど京都へ戻ることを考えていた頃合いだったので、ナツメさんは東京を引き払って京都に戻り、店を継いだ。母は東福寺の近くにある赤十字病院に入院した。

私はナツメさんの母を一度も見なかった。詳しくは知らなかったが、病状が思わしくないらしいことは彼女の言葉の端々《はしばし》から分かった。私が店番をしているときはたいてい、彼女は京阪《けいはん》電車に乗って母を見舞いに行っていた。

「やはり東京は向いていなかったのです」

と彼女は言ったことがある。

店を閉めた後だった。私たちは店の奥にある狭い居間で卓袱台《ちゃぶだい》を挟み、夕食を食べていた。店の奥は彼女の住居になっていたのである。時給が安いのが申し訳ないとナツメさんは言って、よく私に夕食をごちそうしてくれた。下宿生活の私にしてみれば、少しぐらい高い時給よりも、彼女の手料理の方がどれほどありがたかったか分からない。彼女は私がまっとうな食事もしないで始終痩《や》せているのを心配して、あれこれと食べさせてくれた。痩せていたのは貧乏のためではなく、たんなる怠惰のためだったが、私はそんなふうに甘えるのが嬉《うれ》しかったし、彼女もそんなふうに私を甘えさせるのが嬉しいのではないかと、都合の良い想像をしたりもした。

「いま、こうして京都に戻ってきてみると、とても落ち着いているのです。東京にいる頃はいつも怖がっていたのです。ほかの人たちも慣れてゆくのだから、いずれ私も慣れることができると思っていたのですけれど、どうしてもその怖さがなくならなかったのです。いつも胸が痛いぐらいどきどきしていました。やはり向いていなかったのです」

彼女は俯《うつむ》き加減で、茶碗《ちゃわん》から御飯を少しずつ口に運びながら言った。

「何が怖かったんですか？」

私が尋ねると、彼女は困ったように微笑《ほほえ》んだ。そしてしばらく黙っていた。色々な説明を、口の中で転がして吟味しているようである。

やがて彼女は口を開いた。

「夜遅くに一人で起きていて、なんだか、わけもなく怖くなることがありませんか」

「ときどき、あります」

「朝になれば、なぜあんなに不安だったのか分からなくなるでしょう。それと同じなのです。東京はいつも夜なのです」

彼女は言った。

○

天城さんの屋敷から帰って来ると、ナツメさんは芳蓮堂の表に出してある素焼きの水瓶《みずがめ》や小簞笥《こだんす》を運び入れているところだった。日はすっかり暮れてしまい、店の明かりが硝子からふわりと漏れて、俯き加減で立ち働いているナツメさんの横顔を照らしていた。

「天城さんはちょっと怖い感じの人ですね」

私は彼女を手伝いながら言った。

「そうですね」

ナツメさんは呟いた。彼女は木彫りの布袋《ほてい》様を小さな乳房の間に抱えていた。彼女が抱いていると、そのにっこり笑った布袋様は子猫か何かのようにやわらかくふわふわとしているように見えた。私が働いていた間、その古ぼけた布袋様はずっと売れ残っていた。朝になるとナツメさんは布袋様を日の当たる表へ出し、夕刻になると同じように抱いて店内に戻った。そうやって出たり入ったりを繰り返すことで、布袋様もナツメさんもふくふくと満足しているように見えるから面白かった。

店じまいをすませてしまうと、ナツメさんは、「ごめんなさいね」と言った。

「なにがですか」

「本当は私が行かなければならなかったのです。けれども、私はあの人のところへ行くのが好きではないのです」

「分かります」

「天城さんは何か仰《おつしや》っていましたか？」

「いいえ、とくに何も」

「そうですか」

それきり彼女は口をつぐみ、靴を脱いで奥へ上がった。

私は天城さんに届けた漆塗りの小箱のことを思い浮かべた。あの中には何が入っていたのだろうかと考えた。

○

天城さんの屋敷へは幾度も通った。あの屋敷の雰囲気をいったん味わってしまうと、彼女を行かせるわけにはいかないという義務感が湧《わ》いてきた。しばしば夕食を御馳走《ごちそう》になっている恩返しのつもりもあったろう。

たいていの人間は機嫌の悪いときはあまり喋らないものだ。しかし天城さんは機嫌の悪いときほどよく喋った。初めのうちはそれが分からず、ずいぶん戸惑ったこともある。いい気になって調子を合わせていると、ギョッとするような酷《ひど》い事を言われた。私は腹を立てたが、彼は大切なお客さんなので何も言い返さなかった。

私は用心して、彼が饒舌《じょうぜつ》なときはできるだけ何も言わないことにした。しかし彼の機嫌が本当に悪いときには、そういうこちらの沈黙ですら彼の苛立《いらだ》ちに拍車をかけるらしく、そうなるとどうすることもできない。どうにかして上手《うま》く辞去することばかり考えていた。

面会場所は決まって、あの妙に細長い座敷だった。彼に煙草をすすめられ、二人でもくもくと煙を吐いた。煙草はいくらでもあるらしかった。冬になって日が短くなると、彼は行燈《あんどん》に火を入れた。電燈を点けることはなかった。ゆらゆらと揺れる灯りに照らされて、暗くなった障子に影が映った。

だんだん面会時間が長くなって、迷惑だった。彼はテーブルに置かれた包みをなかなかほどいてくれず、早く切り上げたい私はじりじりした。早くしろとは言い出せず、私も黙ってソファに座り込んでいた。二人の煙草がちりちりと燃える音と、竹林のざわめきだけを聞いていているうちに、半時間が過ぎたこともある。そうやっていると、自分の日常が眼前で煙草を吹かしている幽鬼のような男にむしゃむしゃ喰われているような、大げさな憂鬱《ゆううつ》に駆られることもあった。

天城さんは面白がっているに違いないと私は思い始めた。いま私にしていることをナツメさんにもしていたとしたら残酷な話だと思った。

○

「君は自分のことは話さないんだな」

天城さんは言った。

「ただの使いですから」

「ナツメさんは君のことを随分気に入っているね」

彼は行燈の光の中で、うっすらと笑った。

「こんなふうに引き籠もって暮らしているから、たまに人の話を聞く機会があると楽しい。君も、もう少し肩の力を抜いてくれてもいい」

「そういうわけにはいきません」

「どうして?」

私は返事に窮し、煙草を吸った。

「もっと君の話が聞きたいな。君は学生だろう。大学はどうかね?」

「あまり楽しくはないですね」

「勉強がつまらないか?」

「そうかもしれません」

「私も長く大学にいた。あんまり長く居座ったんで、しまいには追い出された。あの頃が一番楽しかったような気もするし、あの頃はあの頃で不愉快だったような気もする。良く分からないものだね」

私は黙って聞いていた。へたに口を開くと、抜け出せない会話の迷宮へずるずると引きずり込まれそうな気がした。天城さんが人の話を聞きたがるのもおかしい。天城さんは私がするような世間話に興味があるのではない。漠然と、何かほかのものに興味があるのだと思った。

「そんなに用心しなくてもいい」

天城さんはなだめるように言った。

「みんな私を警戒するのだけれど、それが私には分からない。君はもうここに何度もやって来ている。そろそろ慣れてくれてもいいじゃないか。腹を割れとは言わないが」

そう言って、彼はまた煙草を私にすすめた。

舌がひりひりしてもう吸いたくなかったが、喋《しゃべ》らずに済ます口実を得るために、私はまた一本と指を伸ばした。

○

天城さんは大学を出てからほんの少しの間、どこかの私立高校で教員をやっていたらしい。しかしすぐに辞めてしまった。なぜ教員などになったのか分からない。教壇に立ってむさ苦しい高校生たちを相手に喋っている彼の姿はちょっと想像できない。

天城家は一乗寺にいくらか土地を持っていたし、屋敷の蔵には祖父と父親が溜《た》め込んだ骨董《こっとう》品があって、それを売れば結構な金になる。

そうやって伝来の富を食い潰《つぶ》しながら、天城さんはぼんやりした薄闇《うすやみ》の中で生きているのだろうと考えた。

○

芳蓮堂であまり失敗をしたことはなかったが、その日はたまたま調子が悪かった。二日ほど前から風邪気味で喉《のど》が痛み、いらいらして、つい注意力が散漫になっていた。アッと思った時には箱を取り落としていて、転びだした皿が大きく欠けてしまった。今から客に届けるはずだった一揃《そろ》いのうちの一つである。これでは客の前に出すことができない。私は途方に暮れた。

音を聞いたナツメさんが奥から出てきて、私の傍らに並んだ。

「弁償します」

暗澹《あんたん》たる気持ちになって、私は言った。

「それはいいんです。けれど、困りました」

ナツメさんは眉《まゆ》をひそめて考え込んだ。

「そう高いものではないですけれど、須永《すなが》さんが特にこれと仰って
いましたから、べつのもので埋め合わせるわけにもいきませんし」

「僕が謝りに行きます」

ナツメさんは割れた青磁の破片を手に取って、箱に納めた。飼い犬
の死骸《しがい》を葬《ほうむ》るような手つきだった。私は何を言うこともできずに、か
がみ込んだ彼女のうなじを見ていた。

「天城さんのところへ行って頂けますか？」

彼女は言った。

「天城さんですか？」

「あの人なら代わりのものを見つけてくれます。あなたには言ったことがありませんでしたが、あの人はこういう面倒事を収めるのが上手なのです。芳蓮堂は先代のころからお世話になってきました」

「天城さんのところへ行って代わりの品物を貰《もら》うということですか」

「そうです」

彼女は立ち上がって、私の顔を覗《のぞ》き込んだ。良い匂《にお》いが鼻先をかすめた。無造作に垂れた彼女の前髪が、私の額に触れるように思われた。彼女の瞳《ひとみ》をそんな間近に見るのは初めてだった。

「いいですか」

彼女はゆっくりと言った。

「お礼は後日、私が直接お持ちすると伝えて下さい。あなたは何をする必要もないのですよ。天城さんが冗談であなたに何か要求するかもしれませんが、決して言うことを聞いてはいけません。どんな些細《ささい》なものでも決して渡す約束をしないで下さい。あの人は少し変わった人なのです」

○

天城さんは分厚い帳面を取り出して何やらもぞもぞと書き込んでいた。古風な丸い眼鏡を掛けているので、時代劇に出てくる陰気な番頭のように見えた。毎日薄暗い中で暮らしているから、彼は眼が悪いのかもしれなかった。

「須永さんだね」

彼は風呂敷《ふろしき》に包まれたペットボトルほどの大きさの品を出してきた。

「これで良いのですか？」

私が念を押すと、天城さんはふんと鼻を鳴らした。

「これで須永さんは文句を言うまい。それどころか大いに気を良くするだろう」

半信半疑のままに私は受け取った。天城さんは探るように私の顔を見て、煙草《たばこ》をふわふわと吹かした。

「須永さんと揉《も》めたのかい？」

「届けるはずのものを僕が割ってしまったんです」

「ナツメさんは怒ったろう」

「あの人は怒りません。申し訳ないことをしました」

「彼女は溜め込む人だからな。昔からそうだった」

天城さんは納得するように言った。私は、優しい手つきで皿の破片を拾い集めている彼女の姿を思い描いた。

「お礼は後日お持ちするということでした」

「そうか」

天城さんは帳面をめくった。

私は包みを摑《つか》み、礼を言って立ち上がろうとした。天城さんは音を立てて帳面を閉じ、午後の明かりが照らし出す襖絵《ふすまえ》を見ながら言った。

「ちょっと頼みたいことがあるんだ。今回のお礼ということで、どうかな」

私にくっつくほど額を寄せてナツメさんが告げた言葉を思い出した。どんな些細なものでも決して渡す約束をしないで下さい。あの人は少し変わった人なのです。

「君にも責任があるんだろう？」

「そうですが」

「彼女が何か言ったかい？　私に何も渡してはいかんとか何とか」

「いえ、そんなことは」

天城さんは微笑《ほほえ》んだ。

「簡単なことだよ。君の下宿は石油ストーブかい？」

「いいえ。電気ヒーターです」

「それが私は欲しい」

○

天城さんからもらった品は、須永さんをいたく満足させたらしい。それどころか須永さんは他にもいくつか売れ残っていた品物を買ってくれた。天城さんの不思議な確信は見事に当たったということになる。

二日後、私は電気ヒーターを天城さんに届けた。入学した時から使っている古いヒーターだったので惜しいとも思わなかった。まだ寒さはそれほど厳しくないから、我慢できなくなれば新しいものを買えば良い。なぜ天城さんがこんなものを欲しがるのか見当もつかなかった。

しかしナツメさんから釘《くぎ》を刺されていたこともあったから、私は彼女に何も言わなかった。彼女のほうもそれきり、その件には触れなかった。

○

芳蓮堂で働いていると聞いて、奈緒子《なおこ》が来た。

彼女とは付き合い始めて一年半になっていた。週末は芳蓮堂で働いているし、平日は二人とも学校が忙しかったので、あまり一緒に出かけることもなかった。一週間ほど前、久しぶりに清水寺《きよみずでら》へ紅葉を見に出かけたら、つまらないことで喧嘩《けんか》になってしまって、私も折れず彼女も折れず、気まずく別れた。それきり連絡もなかった。私はきっかけが摑めなくて困っていたところだったから、彼女が芳蓮堂へ来てくれたことを嬉《うれ》しく思った。

その日ナツメさんは風邪をひいて二階で寝込んでいたので、私は一人で店番をしていた。椅子《いす》に腰掛けて論文のコピーを辞書片手に読んでいると、硝子戸《ガラスど》が音を立てた。顔を上げると、奈緒子が困ったような顔をして立っていた。

奈緒子は私と同じ学部に所属していて、クラスも同じだった。背が小さくて可愛《かわい》らしい印象があるが、気に入らないことがあるとなんでも容赦なく切り捨てる、その舌鋒《ぜっぽう》は鋭かった。

彼女は椅子に座って煎茶《せんちゃ》をすすりながら、眼をきらきらさせて周囲を見回した。

「面白い」

彼女は言った。

「みんな高いの？」

「高いのもあるけど、それほどじゃない。高級店ではないから」

「骨董品に詳しくなった？」

「いや。店番か運搬をしているだけだから。何も分からない」

ふいに奈緒子が奥に眼をやると頭を下げた。振り返るとショールを羽織ったナツメさんがぼうっと立っていた。まだ熱があるように見えた。

「いらっしゃいませ」

ナツメさんに奈緒子を紹介すると、ナツメさんは「お噂《うわさ》はかねがね」と言った。

まだ三時になったばかりで夕刻には間があったが、今日は早めに店を閉めようとナツメさんは言った。奈緒子に待ってもらい、ナツメさんと一緒に店じまいをした。ナツメさんはふうふうと苦しそうな息づかいをしていて、私は心配になった。

「大丈夫です」

ナツメさんは言った。

「明日は店を休むことにしましょう。また来週の土曜日にいらしてください」

○

古道具に囲まれていたときは機嫌が良かったのに、夕食中の奈緒子は黙しがちで、何を言ってもコツンと石にぶつかるような感じがした。何か言いたいことがあるのに言わないで溜め込んでいるとき、奈緒子はいつもそんな風だった。

下宿にやって来ても、彼女の不機嫌の石は溶けなかった。

「まだヒーターは出さないの？」

奈緒子は紅茶を飲みながらぽつんと言った。

「壊れた」

私は嘘《うそ》をついた。

しばらく彼女は黙っていて、私も何も言わなかった。

「淋《さみ》しい感じの人ね」

誰のことを言っているのか咄嗟《とっさ》には分からなかったが、ナツメさんのことだと思い当たった。熱に浮かされた顔をして、店の奥にゆらりと立った彼女の姿が脳裏に浮かんだ。

「そうだね」

「さっきあの人が奥から出てきたとき、ちょっとゾッとした」

「なぜ?」

「なんだか幽霊みたいな感じだったから」

「風邪をひいていたからだろう。熱が三十八度もあったって」

「そうかもしれない」

奈緒子はぼんやりと書棚を眺め、「寒い」と呟《つぶや》いた。

暖房代わりに、私は布団《ふとん》を敷いた。

もぐりこんでしばらくすると、布団が二人の体温で温かくなり、柔らかくなった。私は彼女の額に自分の額を押しつけた。彼女は前髪の隙間《すきま》から見上げるように私を見た。彼女の冷たい頬に唇を当てて、彼女の匂いを嗅《か》いだ。彼女の不機嫌の石がようやく溶けた。

「寒くなるから、早くヒーターを買わなくてはだめ」

彼女は言った。

「そうしないと、風邪っぴきになるから」

○

師走《しわす》に入って、寒さがそろそろ厳しくなって来た。一日の大半は大学の講義室と実験室で暮れてしまうし、下宿に帰れば布団にもぐってしまうから、ヒーターが無くても大して困らない。しかし朝だけは辛《つら》かった。一晩かけて冷え込んだ部屋で震えながら着替える朝は、わびしい思いがした。

二週間ほど、天城さんの屋敷の敷居はまたがなかった。とくに使いに行くこともなく、天城さんの方から何か言ってくることもなかった。

芳蓮堂のほうは閑古鳥が鳴いていて、ただでさえ少ない客がますます少なくなった。私は店番をしながら実験結果のまとめをしたり、ナツメさんと話をしたりして過ごした。

彼女は物置から古いストーブを出してきて、帳場の隣りに据えた。ストーブが熱くなると、芳蓮堂はいっそう居心地が良くなった。

近所の酒屋で買ってきた酒粕《さけかす》を、ストーブで焼いて食べたこともある。ナツメさんは酒は飲まなかったが、砂糖をたっぷりのせた酒粕が好物だった。酒粕を食べると彼女は頬を赤くして、ころころ笑う小さな女の子のようになった。自分よりも背の高い、三十過ぎの女性をつかまえて小さな女の子と言うのもおかしいのだが、私にはそう思われてならなかった。

時には奈緒子が訪ねてきて、三人で言葉を交わすこともあった。最初は奈緒子を前にすると黙しがちだったナツメさんも次第に慣れて、奈緒子を夕食に誘ったりもした。

「可愛い人ですね」

ナツメさんがそう言ったことを伝えると、奈緒子は喜んだ。

そのまま穏やかに年は暮れるかと思われた。

しかし天城さんから電話が入り、私はふたたび彼の家を訪れることになった。

○

天城家の庭へ入ってゆくと、天城さんは縁側に座っていた。かたわらに大きな籠《かご》が伏せてあり、彼はその編み目の隙間から中を覗《のぞ》いていた。

私に気づくと、彼は「来たね」と笑みを浮かべた。

「それは何ですか」

「知り合いから妙なケモノをもらってね」

そばに寄ると、雨に濡《ぬ》れた犬のような匂《にお》いが鼻をついた。籠の中は暗くて、何がひそんでいるとも知れない。耳を澄ますと微《かす》かな呻《うな》り声が聞こえ、籠の中で何かが身じろぎする気配がした。天城さんのかたわらから私が覗き込んだ時、編み目の隙間から一瞬、こちらを睨《にら》む人間の眼が見えたような気がした。

私がぎょっとして顔を上げると、天城さんはつまらなそうにあくびをした。

「どうしたものか始末に困る」

彼は言った。「さあ、上がりたまえ」

例の座敷へ上がって、ナツメさんからの届け物を渡したあと、私は天城さんのすすめる煙草《たばこ》をくゆらせた。

座敷はしんしんと冷え込んで、革張りのソファが冷たくてたまらない。小さな灰色の火鉢が脇《わき》に置いてあったが、それではとても追いつかなかった。しかし天城さんは相変わらず群青色《ぐんじょういろ》の着流し姿で、痩《や》せこけた胸板がのぞいていた。見ていて気分が悪くなった。私は、彼が嫌がらせのためにそんな格好をしているのだと思ったり、いやそれはさすがに考えすぎだと思い直したりした。そしてまた、そんなふうに考えていることをすべて彼に見透かされているような気もした。

「下宿に暖房がないと寒いだろう？」

天城さんは優しい声で言った。

「まだ平気です」

「これからどんどん寒くなるよ」

「そうでしょうね」

「でも悪いことばかりでもない。女性が部屋へ来たら、身を寄せ合う口実にもなるじゃないか」

「そうかもしれませんね」

「君のような好青年だったら、付き合っている女性がいるだろう」

「いませんよ。僕はそういうの苦手ですから」

「そうかな」

「はい」

「身体《からだ》をくっつけあえば、冬は気持ちが良いものだ。布団の中で温めあったりするんじゃないかな」

「まさか」

私は苦笑いして眼をそらした。障子の桟《さん》を眼で追いながら、まるで見ていたような口振りで話す天城さんを気味悪く感じた。馬鹿《ばか》馬鹿《ばか》しいという素振りを心掛けたが、腹の底にどすんと泥のかたまりを落とされたような気がしていた。

「怒ったかね？」

天城さんは笑いながら言った。「こういう話は君は嫌いだろうね」

中庭に面した障子に、ふいに影がさしたような気がした。雲の多い日だったから、小さなちぎれ雲が太陽をかすめただけだったのかもしれなかった。

「庭に誰かいますか？」

私が尋ねると、天城さんはふいに顔の皮膚が突っ張ったような表情をした。眼球が動きを止めて、深い眼窩《がんか》の中で凍りついたように見えた。

「庭に？　誰が」彼は私の顔を見つめたまま鋭く言った。

「いえ、そんな気がしただけです」

天城さんは首をゆっくりと捻《ひね》って障子に眼をやった。しばらく匂いをかぐような仕草をして、ほっと息を吐いた。

「誰もいやしないよ」

「そうですね。気のせいでした」

天城さんは自嘲《じちょう》的な笑みを浮かべ、ソファにもたれた。

「温めてくれる相手もいないと言うんなら、可哀相《かわいそう》だ。ヒーターを返そうか」

「そうして頂けると有り難いです」

「ちょうど今、探して欲しいものがある。それを見つけてきてくれれば、ヒーターは返そう。探してくれるか？」

私が返答に窮していると、彼はふいに骨張った十指をひらいて、顔を包み込み、泣き崩れているような格好をした。掌《てのひら》に覆《おお》われた顔が暗くなり、指の隙間から眼球がのぞいていた。私は驚いて彼の仕草を見つめた。

「狐《きつね》の面だよ」

彼は言った。

○

須永さんという人は、北白川に住んでいる古くからの地主であるという話だった。近隣に貸しビルやアパートをたくさん持っていて、芳蓮堂とも先代から付き合いがある。ナツメさんの父親が亡《な》くなったあと、一乗寺に店舗を移して商売を続けられるようにしてくれたのも須永さんだったという。私は彼に届けるはずの皿を割ってしまったという負い目を持っていたが、彼本人に会ったことはなかった。七十歳を越えているが、とても元気の良いお爺《じい》さんだとナツメさんは言っていた。

十二月も終わりに近づいた日曜の朝、私が芳蓮堂を訪ねると、ナツメさんが誰かと話をしていた。ぽっこりと腹の膨れた老人で、まるで毎日ナツメさんが抱えて出たり入ったりしている布袋《ほてい》様のように朗らかな空気をまとった人だった。その雰囲気がすっぽりとナツメさんをくるみこんで、彼女は日溜《ひだ》まりの猫のようにころころ笑っていた。私にはその老人が須永さんだということが分かった。彼は洒落《しゃれ》たコートを着て、茶色の帽子を手に持っていた。

「おはようございます」

あいさつすると、ナツメさんはにこにこ笑ったまま、

「この子が、いま話していた子なのです」

と老人に私を紹介した。

「そうか。皿を割ったのは君か」

老人は呵々大笑《かかたいしょう》し、私は赤面した。

私は便所へ行くために奥へ入ったが、戻ってくるときに二人の声が聞こえた。

「しかしなあ、ナツメちゃん。天城には気をつけないといけないよ」

「分かっています」

「儂《わし》だって、正直なところあれを貰《もら》って喜ばなかったとは言わない。だが、もう、あんなことはして貰わんでいいんだ」

「ごめんなさい」

「いや、叱《しか》っているわけじゃないんだから。頭を下げることはない」

老人は咳払《せきばら》いをした。

「ともかく用心しないと」

「ええ、ありがとう」

その日、須永さんは店に座り込んで茶を飲み、持参したケーキを幾つも平らげて、げらげら笑ってばかりいた。聞くところによるとケーキを食べてはいけないと主治医に言い渡され、家では食べることができないから、こうやって外でこっそり食べるのだそうだ。老人はそう言ってここぞとばかりに甘いものを頬張りながら、甘い良い匂いのする葉巻をぽっぽっと吹かした。

「ナツメちゃんは言いつけたりしないだろう」

須永さんは哀願するように言った。

「でも、ほどほどになさって下さい。私のところで食べたお菓子が原因で、須永さんが亡くなられたら、私はとても哀《かな》しいです」

「死ぬものか」

須永さんはげらげら笑って、こいつめこいつめとケーキを突き刺し、それをまたぺろりと食べた。主治医に禁じられるのも無理はあるまいと思われた。

帰り際《ぎわ》になって、須永さんは床に置いてあった紙袋から木箱を取り出し、ナツメさんに差し出した。

「これをあげよう」

木箱を開いたナツメさんは感嘆の声を上げた。

それは一見、ただ真っ黒な漆塗りの盆であった。しかし隅のほうにぽつんと一匹だけ、鮮やかに紅《あか》い蘭鋳《らんちゅう》が浮かんでいる。丸々とした小さな蘭鋳は、今にも繊細な鰭《ひれ》をひらひらと動かしそうに思われた。見つめていると、漆塗りの黒い平面が、ぬらりと光る底の知れない水面《みなも》のように見えてきた。

「あ」

ナツメさんは金魚を指さして言った。

「動いたんじゃないでしょうか」

「動くんだ」

須永さんは得意げに言ったが、冗談か本気か分からなかった。

「こんなものを頂くわけには」

ナツメさんは魅せられたように盆を見つめながら首を振った。

「今日は君の生まれた日だろう」

老人は噛《か》んで含めるように言った。

「あら」

ナツメさんはぽかんと宙に目をやった。

○

須永さんが帰ったあと、ナツメさんは物置の掃除を始めた。売り物にならない、先代から持て余している品物があって、これから年末にかけて始末しようということだった。好きなものがあれば持って帰ってもよいということだったが、出てくるものは、とうてい引き取ろうとは思えないものばかりである。中には遠心分離器のソケットなどというものもあって、私もまさか芳蓮堂で実験機器を見ることになるとは思わなかった。

その作業中にナツメさんがアッと声を上げたので、覗いてみると、黄ばんだ新聞紙にくるまれた狐面があった。和紙で作られたものである。

「びっくりしました」

ナツメさんは言った。「あまり好きではないのです」

「では僕が貰っても良いですか？」

「それはかまいませんけれど」

私はその古い狐面を拾い上げて、くるくると手の中で回してみた。思ったよりもずっと軽い、何の変哲もない面であった。

「狐は嫌いですか」と私は尋ねた。

「その狐のお面を見ると、伏見稲荷《ふしみいなり》大社を思い出します。あそこは気味の悪い場所だと思いませんか？」

「たしかに少し怖い場所ですね。僕も行ったことがあります」

「昔、母と二人でお参りしたのです」

ナツメさんは言った。

「どうして母と二人だけでお稲荷さんにお参りしたのか覚えていません。私がまだ小さい頃のことです。母に手を引かれて、どこまでも続いているあの長い鳥居の列をくぐって、森に入り込んでいきました。そのとき、母はその狐の面をぶらさげていました。峠の茶屋で休んだときに、他のお客さんが忘れていったのを貰ったのだったと思います。まだ夏の盛りでしたけれど、お稲荷さんの森に入るとなんだか身体が濡《ぬ》れてくるみたいに空気が冷たくて、ずっと首筋がぞくぞくしていたのを覚えています。苔《こけ》のこびりついた古い灯籠《とうろう》や狐の像が何処《どこ》まで行っても並んでいて、蠟燭《ろうそく》の燃える濃い匂《にお》いが身体に染《し》みつくような気がして気持ちが悪くなりました。怖い怖いと思っていたけれど、一番怖かったのは」

ナツメさんは私の手の中にある狐面を見つめた。

「母の顔でした。母は半歩先を歩いていて、私はその顔を斜め後ろから見上げているんですが、母はそれまでに見たことがないぐらい、気味の悪い顔をしていました。怒っているような、笑っているような、泣いているような。いくら見直しても私には分からなくて、それでいてそれが普段の母の顔でないことだけは嫌になるぐらい分かるのです。もしかするとこれはお母さんではなく、形はそっくりだけれどほかの何かが入れ替わっていて、自分をお稲荷さんの森の中へ攫《さら》って行こうとしてるのではないかと幼い私は思ったのです。母は右手にはぶらぶらと狐のお面を揺らして、左手では私の手を握っていました。でも、だらんと長く垂れた母の手にはぜんぜん力がありません。立ち止まれば、すぐに母の手は私の手から離れそうなのです。けれども、もしその手を振りほどいた途端に、石段の半歩先を歩いている母が振り向いて、その顔が本当に何かほかのものだったら、それこそ取り返しがつかない。そう思って、私は我慢していました」

彼女は幼い頃にまとわりつかれた何かを、今になって肩から振り落とそうとするかのように、乾いた笑い声を立てた。

「子供というのは不思議ですね。そんなことを考えてますます自分を怖がらせるんですから。そして、そういうことをいつまでもしつこく覚えているのですよ。けれども、もしもあのとき、私が怖さに耐えきれなくなって、母の手を振りほどいて逃げ出していたらどうでしょうか、振り向いた母はどんな顔をしていたでしょう。今でも考えることがあるのです」

ナツメさんは細い身体を両手で包み込むようにして、私の手の中を見つめていた。狐の面は摑《つか》みどころのない表情をかちんと固めたまま、彼女を見つめ返していた。

○

その翌日のことである。

ナツメさんは赤十字病院へ出かけて、私は一人で店番をしていた。帳場のところで机に肘《ひじ》をつき、私はうつらうつらとしていた。ストーブの熱気が頬にひりひりと感じられた。前夜遅くまで眠れなかったので、眉間《みけん》にもやもやと何かがひっかかっているような感じがして気分が悪かった。

まだ午後の二時前だというのに、硝子戸《ガラスど》の外は夕暮れのように暗くて、赤と灰が混じり合ったような色をしていた。雲のせいだろう。うつらうつらして、ハッと眼を覚ますたびに、表がいっそう暗くなっていた。掌で支えていた右頬にびっしょりと汗をかいていた。ストーブの火を弱めればよいと思うのだが、立ち上がろうとする前に次の眠りに落ちてしまう。延々とそれを繰り返していたように思う。

ナツメさんはなかなか帰って来ない。

眠りと目覚めの間で、私はいやな気分になっていた。脳裏をよぎるのは、狐の面を見つけて虫に刺されたような悲鳴を上げたナツメさんの姿だったり、天城家の門をくぐる私の姿だったり、妙に長い座敷の奥で狐面をつけてソファに座っている天城さんの姿だったりして、それらのいやな記憶が眠りの中にもぐりこんでくるせいで、右頬に汗をかいたのかもしれない。

私は不快な眠りをむさぼりながら、あれを天城さんに渡すことはなかったと思い始めた。もともと私は天城さんの取引に応じるつもりはなかった。あのヒーターに執着があったわけでもない。天城さんとのしがらみを増やすぐらいなら、ヒーターを買い直すほうが遥《はる》かに良い。

それが、たまたま狐面が目の前に転がり込んで、そして天城さんに渡してしまった。

いや、昨夕、天城さんの家に使いに行った時も、狐面を渡すつもりはなかったはずである。私は鞄《かばん》にしまいこんでいたのだが、天城さんはそれに勘づき、私は嘘《うそ》を吐《つ》き通すことができなかった。

「見つけたね」

天城さんは言った。座敷のすみには私のヒーターの入った紙袋が用意されていた。あるいは私が狐面《きつねめん》をその日手に入れるということが、彼には分かっていたのか。

天城さんは狐面を手に取り、顔にあてがった。そして何も言わなかった。

あの暗い座敷で、私は狐の男としばらく向かい合っていた。

私はようやく眠気を振りほどいて立ち上がり、ストーブの火を弱めた。それから往来に面した硝子戸のところへ行って、外気に冷えた硝子に火照《ほて》った額を押しつけた。外はいよいよ暗くなってゆく。

そうやってしんと静かな芳蓮堂に一人でいると、暗い空模様のせいもあって、なんだか不気味な気配がして落ち着かなかった。隅でほこりを被《かぶ》っている火鉢や和簞笥《わだんす》を見るたびに、天城さんを思い出す。なぜそんなにも深く心を摑まれたのか分からない。

不安を振り払うように大きく伸びをして、振り向いた。店から奥の間へ上がるところに男が立っていて、こちらを見ていた。狐の面をつけていた。脇腹《わきばら》から背中の皮膚が、さっと波立つような気がした。男の狐面の奥で、粘る唾《つば》を喉《のど》につめたような音がした。

私が思わず立ち上がろうとした途端、店の硝子戸に大勢の人が小石を投げつけたような音がしたと思うと、ざあっと雨が来た。溜《た》まりに溜まった水が一気に空から迸《ほとばし》るような激しい雨で、振り返っても、窓の外は煙ったようになって何も見えなかった。

もう一度、奥の間を見ると、男はいなかった。

私はそのまま、ナツメさんが帰ってくるまで立ちつくしていた。

ナツメさんが肩の水滴を払いながら店に入ってきた。

「どうしたのです。真っ青な顔をなさってますよ」

「そこに人が」

「人？」

ナツメさんはさっさと靴を脱いで、奥に上がり込んだ。ハンドバッグを居間の卓袱台《ちゃぶだい》に置いて、ぱたぱたと歩き回っている音がした。それから怪訝《けげん》な顔をして出て来て、「誰もいませんよ」と言った。

「狐の面をかぶっていたんです」

「どうして、そんな怖いことを言うんですか」

彼女はハッとして怒ったように言い、私の顔を見つめた。さあっと顔の白くなるのがはっきりと見えた。そんな彼女を見て、自分の顔からも血の気が引くのが分かった。

ナツメさんは毒を飲んだような顔をして、あまり口もきかずに店じまいをした。雨がやんでしまうと私は悪い夢から醒《さ》めたような気がして、寝呆《ねぼ》けてナツメさんを怖がらせたことを申し訳なく思った。

夕食に引き止めるナツメさんの様子が普通ではなかったので、私は折れた。奈緒子との約束があったが、彼女には電話をかけて詫《わ》びた。事情を説明するのが難しいので、高校時代の友人がいきなり押し掛けてきたと嘘をついた。

二人で食卓についたものの、ナツメさんはほとんど箸《はし》をつけなかった。

「少しは食べたほうがいいですよ」

私は言った。

「いいんです。私はもともと、食が細いのです」

弱々しい蛍光灯の光は、俯《うつむ》いた彼女の顔まで届かなかった。私は
「蛍光灯を替えた方がいいですね」と言って、もくもくと箸を動かした。卓袱台の向こうにいる彼女の身体《からだ》がだんだんと白い石のように硬直し、なんだか生気のない人形のように思われてきて、胸苦しくてたまらなくなった。とても最後まで食べられなかったので、残りは茶漬けにして流し込んだ。

「こんなことを頼むのは、よくないことだと思うのですが」

彼女は俯いて言った。

「今夜は泊まっていって頂けませんか」

「いや、それは」

私は首を振った。「それはできません」

「そうですね」

彼女は頷《うなず》いた。

しばらく彼女は畳に目を落としたり、明かりの消えた店の方を窺《うかが》ったり、背後にある二階への階段に目をやったりした。彼女が探るような目つきで暗がりを見つめるたびに、私はそんな仕草をしないで欲しいと思った。彼女がそんな仕草をするほど、その薄闇《うすやみ》の中に、何かがうずくまっているのを見てしまうような気がした。

「私は二階で寝ますし、あなたは一階で寝て下さい。それでいいんです」

彼女は深く頭を下げた。

○

私は天井からぶらさがる電球を見ていた。着慣れないごわごわした浴衣《ゆかた》に身を包まれて、見慣れない天井を見つめていると、幼い頃、田舎の祖父母の家に泊まったことを思いだした。幼い私はなかなか眠ることができなくて、先に眠り込んでしまった祖母をよく揺り起こした。そうすると祖母は私が眠るまで起きていてくれた。誰かが起きていてくれると分かると、私は安心して眠ることができた。

時計を見上げると、午前二時を回っていた。時間の流れが速いような遅いような、よく分からない感じだった。案外自分で気づかないうちに何度かうつらうつらしたのかもしれない。

ふと気配を感じて身を起こすと、二階へ続く階段下の暗がりに人影があった。声を上げそうになったが、それは二階から降りてきたナツメさんだった。彼女は白っぽい寝間着に、毛糸の肩掛けを羽織っていた。

「ごめんなさい。起こしてしまいましたか?」

彼女は囁《ささや》いた。

「いえ。眠れなくて困っていたところです」

「私も眠れなくて」

彼女は「ごめんなさい」と声をかけて私の足下を踏み越え、台所に行って湯を沸かし始めた。私は布団《ふとん》に身を起こして、彼女の後ろ姿を眺めた。橙色《だいだいいろ》の柔らかい暗がりの中に、ぼうっと幻のように浮かんでいる。かちゃかちゃと優しく食器を扱う音が聞こえて、ふいに私は眠気を覚えた。

「お茶、飲まれますか？」

彼女は振り向いて尋ねた。

その仕草がひどく艶《なま》めかしく感じられた。

私たちは畳に正座して茶を飲んだ。彼女は微《かす》かに怯《おび》えたような笑みを浮かべていた。

「昨日はお話しませんでしたけれど、狐の面にはもう一つ、いやな、怖い想《おも》い出《で》があるのです」

彼女は言った。

「私が小学校の頃です。当時、私たちは浄土寺に住んでいました。その頃も芳蓮堂という店はあったのですが、今とは違う場所だったのです。私は大晦日《おおみそか》やお正月が大好きでしたが、二月の楽しみは節分祭でした。吉田神社の節分祭は盛大で、どこまでも夜店が並んで、たくさんの人がやってきます。二月の一番冷え込みが厳しい頃で、よく雪が降りました。雪が降った日の節分祭というのはとても素敵だったのです。さくさく雪を踏んで吉田山を越えて、節分祭の賑《にぎ》わいにもぐりこんで行ったことが忘れられません。

吉田山のこちらにいると、お祭りの賑わいがほとんど分からないのですが、だんだん近づいていくうちに、しんしんと冷えた空気が温まって行って、あるところでぱっと回りが明るくなります。とても冬とは思えないほど、道行く人が皆、頬を染めてぽかぽか温かい顔をしているのです。そんな中を歩いていると、お祭りの空気にくるまれて、ふわりと身体が軽くなって、足を動かさないでも、どこまでも運んで行かれるような気分になりました。

そのときの私も、そんな酔ったような気持ちになって、ゆらゆらと漂っていたのでしょう。吉田神社の境内を抜けて、石段を降りて、長く続く参道を埋め尽くす人の流れの中を歩いていました。

私の傍らに背の高い男の人が歩いていました。その人は、狐の面をつけています。お祭りの中のことですから、私はへんだとも思いません。

そうやってしばらく歩いて行くと、その人はふいに私の方へ顔を向けたのです。何だか分からないけれど、唾を喉につめたようなへんな恐ろしい音がして、その人は首を捻《ひね》って空を見ました。とても苦しそうなのですが、狐の面をつけていましたから、まるでふざけているような感じがしました。でもその人は、そのまま仰向けに倒れてしまいました。私はびっくりして、ぽかんと立ち尽くしたまま、倒れた人を見ていました。

びくびく身体が動いて、とても気味が悪かった。生きたまま身体を捻《ねじ》り切られるみたいに苦しんでいるのに、顔にはまだあのふざけてかぶった狐の面がくっついていて、それはどうしても取れないのです」

ナツメさんは溜め息をついて、茶を啜《すす》った。

「その人はどうなりました?」

私は尋ねた。

「亡《な》くなりました。それ以来、私は節分祭に行きません」

彼女は言った。


その夜、私は朝まで眠らずに過ごした。二階からナツメさんに電気スタンドを持ってきてもらい、卓袱台の上で教科書を読んだ。私が起きていると分かると、ナツメさんは安心したらしい、しばらくは私が寝ていた布団の上に座ってぽつりぽつりと私に声をかけていたが、やがてそのまま眠ってしまった。

○

平日は大学と下宿を往復するだけの生活をして、週末は芳蓮堂で古道具に埋もれて過ごしていると、クリスマスの気配をまったく感じることがない。学部の友人たちとの忘年会のために久しぶりに三条へ出かけると、私の知らない間に街はクリスマスの飾りでいっぱいになってきらきらと輝いていた。十二月二十五日が目と鼻の先に迫っていた。

そうやってあたりが浮き足立って来るほど、私も奈緒子も素知らぬ顔をする方だったが、それでもクリスマスには彼女の部屋でそれなりの御馳走《ごちそう》を食べた。奈緒子は私の欲しがっていた画集をくれ、私は芳蓮堂で買った小さな珊瑚《さんご》のブローチを贈った。

彼女の部屋で過ごしていると、夜の九時過ぎにナツメさんから電話が掛かってきた。珍しいことであった。

「無理を言って申し訳ないのですが、あのお面を返して頂きたいのです」

どこか街中から電話をかけているらしく、喧躁《けんそう》から受話器を守りながら、一生懸命声を絞り出している彼女の姿が想像できた。

「お面って、あの狐の面ですか？」

私は尋ね返しながら、困ったことになったと思った。すでに狐の面は天城さんの手に渡ってしまっている。私が渋ると、「あれをお渡ししたことを言ったら、母がひどく怒るのです」とナツメさんは言った。

「あれは自分のものだから、すぐに取り返して来いと言ってきかないのです」

「どうしてもですか」

ナツメさんは「ごめんなさい」と何度も言った。受話器の向こうで頭を下げているらしかった。「今になって勝手なことだと思うのですけれど、母も病気のせいで気まぐれになっていて、私もどうしていいか分からないのです」

「分かりました。今度必ず持って行きます」私は言った。

「ごめんなさい。宜《よろ》しくお願いします」泣きそうな声でナツメさんは言った。

電話を切ったあと、私は考え込んだ。

天城さんが素直に返してくれるとは思われなかった。どうせ和紙で出来たどこにでもありそうな面なのだから、似たようなものを探してきてごまかすことはできるかもしれないとも思った。しかし。

「どうしたの？」

奈緒子が私の顔をのぞきこんで心配そうに言った。

○

翌日の夕方、私は天城家を訪ねた。

濡《ぬ》れ縁《えん》の前に立って声をかけると、天城さんが出てきたが、その傍らには須永さんが立っていた。

「おや」と声をあげた須永さんは私に微笑《ほほえ》みかけたが、座敷の暗がりに佇《たたず》んでいる彼はひどくやつれているように見えた。両頬はじっとりと汗で濡れていた。しんしんと冷え込む夕暮れなのにと異様に思ったことを覚えている。

須永さんは帰宅するところだったらしく、私と入れ違いに庭に下りた。足取りがおぼつかないので、私は思わず手を出して彼の身体を支えた。「すまんね」と須永さんは言った。天城さんは縁側に立ち、両腕を組んで薄笑いを浮かべていた。

「私がここに来たことは」

須永さんは苦しげな息遣いをして靴をはきながら言った。

「ナツメちゃんには内緒にしておいてくれ」

私は頷いた。

天城さんは「ふふん」と鼻で笑って私を見つめ、「上がりたまえ」と言った。

私は靴を脱いで縁側に上がり、蹌踉《そうろう》と立ち去る須永さんを見送ったが、思わず駆け寄ってゆさぶりたくなるほど、その姿には元気がなかった。芳蓮堂でむしゃむしゃと菓子を頬張っていた老人を包み込んでいた温かさは見る影もなかった。

やがて須永さんのよろめくような足音は遠ざかり、竹林のざわめきだけが残った。

狐《きつね》の面を返して欲しいと頭を下げる私を前にして、天城さんは財布を見せてくれと言った。彼がなぜそんなことを要求するのか分からない。そんなことはいやだと私は言った。

「ともかく見せるだけでいい」

天城さんは言った。テーブルの上には、狐の面が置かれていた。

私が財布を差し出すと、天城さんは愉快そうに受け取った。骨が剝《む》き出しになったような華奢《きゃしゃ》な指が、くるくると私の財布を弄《もてあそ》んだ。天城さんはますます痩《や》せてゆくように思われた。それなのに、彼は薄汚い着流し姿だった。初めて会った日から、その姿は変わらなかった。

やがて彼は財布の中から、小さく切り取った奈緒子の写真を取り出した。

「これを貰《もら》おう」

「だめです」

私は手を伸ばしたが、天城さんはすばやく写真を口にくわえ、猛禽《もうきん》類のように曲げた手を構えて私を押しとどめた。闇の中で薄い唇が紅《あか》く光った。

○

赤十字病院に入院していたナツメさんの母が亡くなったのは、年が明けて、大学が始まった頃である。

亡くなったあとの慌《あわ》ただしさを切り抜けると、ナツメさんは暗い座敷の奥に籠《こ》もって、固く固く身体《からだ》を縮めた。芳蓮堂は湖の底に沈んだようにつねに暗く、硝子戸《ガラスど》には「本日休業」の札が下がったまま開かなかった。からりと冷たく晴れ上がった気持ちの良い日にも、軒先で木彫りの布袋様《ほてい》が笑うことはなかった。

一月の半ばを過ぎた頃になって、ようやく彼女は私と顔を合わせた。

「母も思い残すことはないでしょう」

彼女は凍りついたような顔をして、芳蓮堂の前の路上で狐の面に火をつけた。彼女の母はそれを握って死んだという。

私は一度も会うことがなかったナツメさんの母親の顔を思い浮かべようとした。死の床にある彼女は狐の面をつけている。身をくねらせる彼女の姿は、ナツメさんが子供の頃に見たという、面をつけたまま死んでいった男の姿と同じであった。生きたまま身体を捻り切られるみたいに苦しんでいるのに、顔にはまだあのふざけてかぶった狐の面がくっついていて、それはどうしても取れない。

○

時間がたつにつれて、私はいやでたまらなくなった。奈緒子の写真を天城さんに渡したことが、まるで本当に取り返しのつかないことであったように感じられてきた。私はできるだけ奈緒子と会うようにした。私が目を放すと、あの暗い屋敷から延びてくる鉤爪《かぎづめ》のようなものが、奈緒子を摑《つか》んで夕闇《ゆうやみ》にひきずり込むように思われたのである。

○

「きつねのはなし」

私の下宿で奈緒子が言った。

酒粕《さけかす》の焼け具合を見つめていた私は、驚いて奈緒子を振り返った。

彼女は膝《ひざ》を抱えてちょこんと畳に座り、ぼんやりと宙を見ていた。また髪を短くした彼女は、清々《すがすが》しい少年のように見えた。

「なに？」と私は尋ねた。

彼女は自分の田舎の話をした。

森には狐が住んでいて、よく人を化かした。今では少ないが、昔、彼女の祖父母の時代には狐の悪戯《いたずら》は多かった。美しい女になったり、どこまでも延々と終わらない不思議な行列になったり、ほろ酔い気分で歩いていた祖父の土産ものを風呂敷《ふろしき》だけ残してそっくり盗んだりした。彼女は頬に笑みを浮かべてそんな話をした。

「もう狐もそういうことはしないだろう」

私は言った。

「そんなことない」

彼女は頭を振った。

「小学校の頃に、狐火を見たことがあるもの。なぜあんなところを歩いてたのか覚えていないけれど、田んぼのあぜ道を懐中電灯を照らして歩いていて、向こうには真っ黒な山がいくつも連なっているの。そうしてると、山の麓《ふもと》の暗い森の中に、ぴかぴか光るものが見えるでしょう。ああ光ってると思ったら、それがぴゅうっと走って、また別の森の中に行ってしまうの。それが狐火なの」

「まさか」

「本当よ」

彼女は私を軽く睨《にら》んだ。

私は酒粕に砂糖をのせて皿に置いた。「これが酒粕」と彼女は嬉《うれ》しそうに言って、小さく千切って口に運んだ。私は煙草《たばこ》に火を点《つ》けて、「どうして、急にそんな話を思いだしたの」と言った。

彼女はもぐもぐと口を動かしながら、「なぜかしら」としばらく考え込んだ。やがて目を輝かせて口を開いた。

「そうそう。狐のお面ってあるでしょう」

「夜店で売っているような？」

「うん。紙で出来たお面。子どもがかぶるようなもの」

彼女は片手をそっと自分の顔に添えた。指の間から、彼女の瞳《ひとみ》がのぞいた。

「あれをつけてる男の人がいたんだ。どこだったかな、こないだ大学に行く途中で見たの。ヘンな話だけど」

アパートに戻る彼女を送って行った。

「べつにいいのに。それほど遅いわけでもないし」

と彼女は言った。

「これからは夜に出歩かない方がいい」と私が言うと、彼女は怪訝《けげん》な顔をした。

暗い道を歩いて行くと、ぽつぽつと間隔を開けて街灯が並んでいて、蛍光灯の白い光を路面に落としていた。前方に切れかけた街灯があって、闇の中で明かりが瞬《またた》いていた。ぶぶぶぶうと薄暗くなって明滅し、もう消えるかと思うと、思い直したようにパッと点く。やがてまたぶぶぶぶぶうと人を小馬鹿《こばか》にするように暗くなる。電車の中で危うい姿勢で居眠りしている人を見ているようだった。

「ああいうのはいや」

彼女は呟《つぶや》いた。「はやく交換してくれないかな」

じっと見つめていると、なんだかその暗くなった刹那《せつな》だけ、街灯の下に人が立っているように見えた。しかし明かりが戻ると、その人影は見あたらなかった。

「あら?」

彼女が私のコートをキュッと握った。

ばちんと音を立てて蛍光灯が消えた。その明かりが消える一瞬、何か黒い人影が身をくねらせたような気がした。

○

芳蓮堂へ行くと、ナツメさんが喪服を着ていた。華奢な両手を胸の前で組み合わせて、微《かす》かに震えているようだった。喪服はもとより気持ちの良いものではないが、彼女が着るとますますやり切れないような、痛ましい雰囲気が漂った。

「出かけなければいけません。店をお願いします」

彼女は喪服を着たまま、布袋様を日の当たる表に出しながら言った。

「誰か亡《な》くなったんですか」

「須永さんが亡くなられたんです」

彼女は唇を歪《ゆが》めた。泣き笑いのような表情になった。彼女の胸に抱かれた布袋様は、ちょうど芳蓮堂で菓子を食べていたときの須永さんのように、呵々大笑《かかたいしょう》していた。

「大丈夫ですか？」

私は尋ねた。

「ええ、私は大丈夫です。けれども、まさか須永さんが亡くなるなんて」

彼女は言った。

そして彼女は布袋様を抱えたまま泣いた。

しかし、後になって知った須永さんの最期《さいご》は奇怪だった。

その日、須永さんは家人を指揮して蔵の大掃除を始めた。思い立ったらすぐに事を運ばねば気がすまない人だったから、また気まぐれだろうと誰もが思った。しかし大抵はある程度やると気がすんでしまうのに、その日は徹底的に整理しようという心づもりだったらしい。家人が止めるのも聞かずに、須永さん自身も埃《ほこり》にまみれて蔵の荷物を運んだ。何かを探している様子だったともいう。

午後に「今日は運動したから」と言い、須永さんはケーキを買いに行かせ、むしゃむしゃ食べた。家人が控えるように言うと、「もういいわい」と言ってけらけら笑って気にしなかった。それから「よっしゃ」と声を掛けて作業に戻った。

さすがに一日では終わるわけもないので、庭に運び出した古道具類にはシートをかけておき、残りの作業は翌日に繰り延べることにした。

しかし、家人が家に戻ったあとも、須永さんは蔵の中をうろうろしていた。

夕暮れになって寒さが厳しくなっても、一向に屋敷に戻らない須永さんを心配して、家人が蔵へ行ってみると、須永さんは中で首をくくっていた。頬がびっしょりと濡れていて、開けはなった入り口から射《さ》した一筋の夕陽に、てらてらと光っていた。

遺書はなかった。

○

脳裏をよぎるのは、天城さんの庭で私とすれちがった須永さんの姿である。彼はひとまわりも縮んだように憔悴《しょうすい》していた。死神にとりつかれたように感じられた。

私は須永さんと天城さんがあの薄暗くて長細い座敷で骨董《こっとう》品をやり取りしている光景を思い描いた。彼は「ナツメちゃんには内緒にしておいてくれ」と言った。須永さんは天城さんから何を貰ったのか。そして、何を渡すことになったのか。

須永さんを天城さんとの取引に引き入れたのは、ひょっとすると、割れた皿の代わりとして私が天城さんから預かった、あの風呂敷包みではなかったか。だとすると、私は天城さんのお先棒を担《かつ》いだことになる。私は慄然《りつぜん》とした。

天城さんとの関係にからめとられて身動きできなくなった須永さんの姿が、蔵の中で首をくくっている彼の姿に重なった。彼は「ナツメちゃんには内緒にしておいてくれ」とぶらぶら揺れながら、泣きそうな声で言っていた。やがてその姿は、狐の面をつけて死んだ男になったり、ナツメさんの母の姿になったり、ナツメさんになったり、私自身の姿になったりして、最後に天城さんの姿になった。

天城さんはぶらぶら揺れながら、つまらなそうに笑っていた。

○

まだ春には遠いし、寒さはむしろ厳しかったが、私はできるだけ明るく振る舞って、陰鬱《いんうつ》な記憶をナツメさんから遠ざけようとした。しかし心のどこかで、自分がまだ天城さんとの取引の半ばにいるという不気味な意識を打ち消すことができなかった。拳《こぶし》ほどの大きさの鉛の球が、腹の底に沈んでいるような感じだった。

私が仕事を終えて帰り支度をしていると、

「天城さんから是非来るようにと連絡があったのです」

ナツメさんが口ごもりながら言った。

「ナツメさん、いらっしゃるんですか？」

「いいえ、違うんです」

ナツメさんは申し訳なさそうに言った。

「天城さんはあなたをお誘いになっているのです」

腹の底の鉛の球がいっそう膨れ上がったような気がして、私は鞄《かばん》を持ったまま呆然《ぼうぜん》とした。

「あの、何か、奈緒子さんへのプレゼントがあるとか」

「奈緒子に？」

ナツメさんは心配そうに私の顔を覗《のぞ》き込んだ。

〇

「そうか、あの狐の面は焼いてしまったのか」

天城さんは笑った。いつもと同じ座敷で、いつものように暗かった。

天城さんは煙草を吸いながら、「あの面には思い出があってね」と話し始めた。

「ずいぶん昔の話になるけれども、ちょうどこの季節だ。私は一年中こんなふうに籠《こ》もって暮らしているけれども、たまには外へ出かけることもある。吉田神社の節分祭は盛大だから、毎年行くことにしている。ある年、私は東大路《ひがしおおじ》通から吉田神社の参道を本殿へ歩いて行ったが、その年の節分祭は雪が降ってね、しんしんと降ってくる雪の中にどこまでも並ぶ夜店の明かりが輝いて、ひどく趣があった。まわりはどこもかしこも人だらけで、それがみんなぽかぽか温かい顔をしているんだ。

私は何を食べたのか、焼き鳥か何かを買って、食べながら歩いていた。そうやって人混みの中を抜けて行くと、前の方から妙な二人連れが来る。一人は小さな女の子で、もう一人は大人の男だ。男のほうは狐《きつね》の面をかぶっている。祭の賑《にぎ》わいの中のことだから、さして不自然でもない。ちょっとふざけているだけのように見えたね。

ところが、ちょうど私の目の前までやって来たときだ。ふいに様子がおかしくなった。その男はとなりの女の子を覗き込むようにした。それから、何だか分からないけれど、唾《つば》を喉《のど》につめたようなへんな恐ろしい音を立てながら、首を捻《ひね》って空を見た。とても苦しそうなんだが、狐の面をつけているものだからね、まるでおどけているような感じがした。男はそのまま仰向けに倒れてしまった。

私は立ち尽くしたまま、その男を見ていた。びくびく身体《からだ》が動いていた。生きたまま身体を捻《ねじ》り切られるみたいに苦しんでいるのに、顔にはまだあのふざけてつけた狐の面がくっついたままで、それはどうしても取れないのさ。

やがて初老の男が駆け寄ってきて、倒れた男を抱き起こした。狐の面をむしり取ったけれど、そいつは口から泡を吹いて、ひどい形相をしていた。もう死んでいたよ。素顔を見たところで、ようやく私は、その死んだ男が私の取引先の芳蓮堂主人だったことを知った。助け起こした男は、医者を呼んでくれと叫んだけれども、あれはもう手遅れだと私には分かった。

女の子はぽかんと立ち尽くしていて、ナツメちゃんナツメちゃんと初老の男に呼ばれても返事をしなかった。ひどく驚いていたのだろう。私はそばの夜店で林檎飴《りんごあめ》を買って、女の子に渡してやった。女の子は代わりに自分の持っていたポン菓子をくれた。きみがナツメちゃんかいと尋ねたが、彼女は無言のまま林檎飴の棒を握りしめていた。

死人を抱いている男は私の方を見た。

とんでもないことになったねえ須永さん、と私は彼に言った」

天城さんは私の反応をうかがうように、煙草の煙を透かして見ていたが、私は何も言わなかった。

「もしお話がそれだけなら、もう遅いことですし」

私は言った。

「うん。そうだな。しかし、夕食を御馳走《ごちそう》しようと思ってね」

天城さんは柱時計を見上げながら言った。

「いえ、そんなわけにはいきません。もうそろそろおいとまします」

「せっかくだから食べてもらわないと困る。ちょっとそこで待っていてくれ。すぐに運んでくるから」

天城さんは私を押しとどめ、立ち上がって襖《ふすま》を開けて出て行った。これまでその襖の向こう側を見たことはなかったが、細く開けてすり抜けるように出て行ったので、何も分からなかった。

天城さんが出て行くと、また座敷は森閑とした。中庭の方はすっかり暗くなっている。障子が蠟燭《ろうそく》の揺れる灯りを映した。このまま何も言わずに帰ってしまおうかと思ったが、決心をつけかねているうちに天城さんは戻ってきた。夕食と言っても、それは黒塗りの盆に載った紅《あか》い椀《わん》が一つだけだった。

「少ないだろうけどね」

「いえ、結構です」

「さ、蓋《ふた》を取って、飲んでくれ」

私はぴったりと閉じた蓋を取った。白い湯気が立ち上って、良い香りがした。半透明のスウプの中に若布《わかめ》のような深緑色のものがゆらゆらと漂っていた。思い切って口に含むと、とろりとした柔らかいものがいつまでも舌にからみつくような感じがした。甘酸《あまず》っぱい味がした。

「おいしいだろう」

天城さんは満足そうに言って、自分も椀を唇にあてている。

「器も特別なんだ」

はやく飲み干して帰ってしまおうと思ったが、熱くてぬるぬるしたスウプはなかなかはかどらない。やっとの思いで半分以上飲んだとき、ゆらゆらと揺れるスウプの底に緑色の蛙《かえる》が座っているのが見えて、吐き出しそうになった。

「大丈夫大丈夫。ただの絵だよ」

天城さんは平気な顔をしている。

確かにそれは椀の黒い底に描かれた、精巧な絵だったのだが、描かれていたのは蛙だけではなかった。ぬるぬるとしたスウプを飲むにつれて、底に描かれている絵が現れてきて、私は心臓を天城さんの素手で押さえつけられたような気分になった。自分でも恐ろしいほどの怒りで、頭が真っ白になった。

椀の底には奈緒子が描かれていた。奈緒子はふっくらとした裸身を這《は》い蹲《うずくま》るようにして顔を伏せていた。短めの黒髪がふわりと乱れて、ちょうど水に揺れているように描かれている。そして裸の奈緒子の背後から大きな蛙がのしかかっていた。

私は椀の中身をぶちまけた。

「おいしくなかったかな」

天城さんは笑った。

「まだほかにも見せたいものがあるんだ。私が作った特殊な幻燈でね」

「失礼します」

私は席を立った。「もう二度とお邪魔しません」

廊下を足早に歩く私の背に、「また来ることになるよ」という天城さんの声が聞こえた。

〇

その夜のうちに奈緒子に会おうとしたが、どうしても連絡が取れなかった。私は数分おきに何度も電話をかけたが応答はなかった。翌日になって、彼女のアパートを訪ねてみても中にいる様子がなかった。学部の友人に聞いてみても、誰も知らない。不安だけが募ってゆく。私は蹌踉《そうろう》と町を歩いて、奈緒子の行きそうな場所を当たってみたが、彼女の姿は見あたらなかった。

アパートの大家に相談すると奈緒子の実家に連絡を取ってくれたが、彼女は帰省しているわけではなかった。第一、私に黙って京都を離れるとは考えられない。

大家に相談した翌日には、心配した彼女の母親が郷里から出てきた。アパートの鍵《かぎ》を開けて中に入ったが、彼女はいなかった。そのまま母親は警察へ届け出た。そのあたりから母親の私を見る目が険しさを増し、やり切れない思いに駆られた。警察からも事情を訊《き》かれたが、私は何を言うこともできなかった。

私は、天城さんの「また来ることになるよ」という言葉を思い出していた。

私が彼に差しだしたものは何だったのか——

○

天城家の庭に入って声を掛けたが、天城さんは縁側へ出てこなかった。空は薄い雲が一面を覆《おお》っていて、灰色の皮膜をかぶせられたようだった。屋敷は常の通りひっそりとして暗く、背後から屋敷へのしかかるように生えている竹林のざわめきだけが聞こえる。

落ち着いて待つことができなくて、門の外へ出た。生ぬるい風が吹いて、二月とは思えないほど暖かい。ねっとりと身体にからみつくような、ちょうど先日に飲まされたスウプのような空気が辺りを覆っていた。甘い匂《にお》いがした。

天城家の門前には、西へ延びるきつい勾配《こうばい》の坂道があった。私は天城家を訪ねるたびにこの坂道を上り下りしてきた。

やがて坂下に天城さんが現れた。だらしない着流し姿で、ぶらぶらと歩いて来た。痩《や》せ細った手から、燃やしたはずの狐の面が、ぶらさがって揺れていた。彼は坂上に立っている私を見上げ、暗く荒涼とした笑みを浮かべた。

見ていると天城さんの背後からざわざわと路面が毛羽《けば》立ち始めた。始めのうちは分からなかったが、やがて、あそこでは雨が降っているのだと分かった。彼の背後に、ちょうど天気の境目があるらしい。雨はやがて追いつき、彼をすっぽりと包み込んだ。私は坂上に立ったまま、雨の境と彼が一緒になって坂を上ってくるのを見つめていた。

ザアッと降り出した雨の中で、私は天城さんを迎えた。

「やあ、来たね」

髪から雨水を滴《したた》らせながら、天城さんは言った。

そして私の肩を抱きかかえるようにして、屋敷の中へ誘《いざ》なった。彼の身体を濡《ぬ》らした雨水が私の身体に染《し》み込んで来た。

○

私は芳蓮堂を訪ねた。

空は冷たく鮮やかに晴れて、陽を浴びた木彫りの布袋《ほてい》様が暢気《のんき》にからりと笑っていた。硝子戸《ガラスど》の向こうで、ナツメさんが嬉《うれ》しそうに帳場から立ち上がるのが見えた。しかし、私が硝子戸を押し開くと、彼女の微笑は水が砂地に染みこむように消えた。

私は無言で木の椅子《いす》に腰掛け、凍えた手をストーブにかざした。堅く強《こわ》ばっていた指先が温まり、しびれてきた。芳蓮堂の中は綿でくるまれたように静かで温かかった。ナツメさんは奥へ入って、茶と羊羹《ようかん》を盆に載せて戻ってきた。

私は茶を啜《すす》りながら、漆器のように黒い羊羹を眺めた。暗い座敷で、ふわりとほどけた袱紗《ふくさ》の中から現れた漆黒の小箱のことを、そこに描かれた生々しい蛙の絵のことを、その小箱を摑《つか》んで引き寄せた天城さんの鳥のように痩せた手のことを考えた。

私は芳蓮堂を辞めると伝えた。ナツメさんは湯呑《ゆの》みを両手で握りしめて、「ずいぶん急なのですね」と微笑《ほほえ》んだ。私は頭を下げた。古紙回収車のスピーカーの音が、遠くをゆっくり動いていった。

「一つ、よろしいですか」と私は言った。

「何でしょうか」

「なぜ僕を天城さんのところへやったんですか」

「ごめんなさい。不愉快な思いをされたでしょうね」

ナツメさんは私の目を見つめ、小さな声で言った。

「そういうことではないんです」

私は静かに息を吐き、怯《おび》えるように見返してくる彼女の眼を見据えた。

「貴女《あなた》は僕とひきかえに、天城さんから何を貰《もら》ったんですか」

私は言った。

彼女の顔からゆっくりと血の気が引いていった。ゆっくりと水の底へ沈んでゆく彫像のようであった。

「天城さんが何か仰《おつしや》ったのですか」と彼女は俯《うつむ》いて言った。

「教えて頂けませんか」

私は尋ねた。

彼女は頭を下げたまま、小さく首を振った。

「ごめんなさい。それは申し上げられないのです」

「なぜ」

彼女が両手で握りしめている湯呑みが、微《かす》かに震えている。彼女は眉《まゆ》を歪《ゆが》め、潤《うる》んだ瞳《ひとみ》で私を見た。

「この店をお辞めになって、あなたは天城さんとも私とも関わりのない生活へお戻りになるでしょう。そして、二度と芳蓮堂へおいでにはならないでしょう。それならば、もう、このまま、何もお聞きにならないほうが良いのです」

彼女はそのまま言葉を続けなかった。

バイクが店先を通り過ぎる音が聞こえた。その音が遠ざかってしまうと、芳蓮堂の中は元の通りまた静かになった。

前年の秋から数えて何十時間もこの静けさの中に座り、ナツメさんと言葉を交わして飽かなかったことを考えた。我々の傍らで、熱くなったストーブが空気を揺らしているのを見て、ナツメさんが焼いてくれた酒粕《さけかす》を飲み込んだあとの温もりを思い出した。

「僕は貴女が好きだった」

私は呟《つぶや》いた。「残念です」

「ごめんなさい」

ナツメさんは俯いたまま言った。

「私もあなたが好きでしたよ」

私は茶を啜り、硝子戸の外の明るい往来に眼をやった。

木彫りの布袋様が青空を見上げて笑っていた。ケーキをむしゃむしゃ食べては朗らかに笑っていた、しかし今はもう笑わない布袋様のことを、私は考えた。ナツメさんも私に釣られるようにして、顔を向けた。子供のように潤んだ瞳で布袋様を見つめていた。

「奈緒子が姿を消しました」

私は呟いた。「ご存じでしょう」

ナツメさんが身を固くした。

「天城さんはもう取引に応じないと言います。彼女と取り替えるべきものを僕は何も持っていない」

ナツメさんは何も答えない。

「貴女の助けが必要です」と私は言った。

長い時間が過ぎた。

やがて彼女は立ち上がると、奥の座敷へ上がった。そして黒く光る丸いものを持ち出してきた。それは須永さんが彼女の誕生日に贈った黒い盆であった。隅に描かれた蘭鋳《らんちゅう》が艶《つや》やかに紅《あか》く光っていた。

「私はこれから天城さんのところへ参ります」

ナツメさんは盆を風呂敷《ふろしき》に包み始めた。

彼女の横顔は美しかった。すらりとのびた背中は毅然《きぜん》として見えた。

しかし、涙が乾いたあとの彼女の眼は空っぽであった。

「途中まで一緒に行って頂けますか」

彼女は言った。

○

天城家へ向かう坂道にさしかかるところで、彼女は眩《まぶ》しそうに手を額にかざした。「良いお天気」と彼女は言った。

「今日は節分ですね。父の命日です」

「僕はどうすればいいんです？」

「あなたはここでお帰りになって下さい。そして、私の言う通りになさってください」

私が頷《うなず》くと、ナツメさんはまっすぐに私の眼を見つめて語った。

「日が暮れたら、吉田神社の節分祭へ行くのです。必ず東側から吉田山へ入ってください。お間違えになってはいけません。走ってもいけませんし、後ろを振り返ってもいけません。まっすぐ道に沿って歩いて、お祭りの中へ入ってください。そうして奈緒子さんの姿を探してください」

「奈緒子はそこにいるんですか？」

「彼女が見つかるまで、諦《あきら》めてはいけません。決してお祭りの外へ出てはいけません。そして彼女が見つかったら、彼女を連れてすぐに西へ抜けるのです。手を離してはなりませんよ」

「分かりました。必ずその通りにします」

ナツメさんは私の顔を見て、小さく頷いた。

「貴女はどうするんです？」

ナツメさんは微笑を浮かべるだけで、何も答えなかった。礼儀正しく深々と頭を下げ、私から離れて歩いて行った。

私は立ち尽くしたまま、彼女を見送った。

長い急な坂道を、ナツメさんが風呂敷包みを抱え、顔を伏せて上って行く。坂の頂には竹林に飲み込まれるようにして天城家がある。そこが沈んだように暗かった。

あの薄暗い屋敷の奥で、天城さんは何を待ち受けているのだろう。蜘蛛《くも》の巣のように張り巡らされ、人々にからみついた糸を辿《たど》ると、いつでも、あの坂の上の屋敷に辿り着くだろうと思われた。そこには長細くて暗い屋敷があって、天城さんが魔界の住人のように座っている。麻薬のような退屈に酔いしれ、薄い唇を舐《な》めている。

ナツメさんが天城家の門をくぐるのを見届けてから、私はその場を立ち去った。

○

あの日のことを思い出す。
「からくり幻燈を見せてあげよう」
私を屋敷へ迎え入れながら天城さんは言った。「君もきっと気に入るだろう」
私は自分の息が白く凍るのを見ながら、どこまでものびる長い廊下を歩いた。
廊下に面した障子の向こうで、ときおり微かな明かりが揺れている。
その障子の前へ差し掛かると、誰かが蠟燭《ろうそく》を吹き消したように座敷は闇《やみ》に沈む。そんなことを繰り返して、幾つもの座敷の前を通り過ぎ、屋敷の奥底へと入り込んで行く。

天城さんは狐《きつね》の面をつけていた。

やがて、がらんとした広い座敷へ入った。

天城さんは四隅にある風変わりな幻燈機に、一つまた一つと明かりを入れてゆく。紅い光が座敷に満ちた。頼りない光が瞬《またた》いて、ふいに焦点を合わせるように、夜祭りの雑踏の景色が私の目前に広がった。その中に見覚えのある姿がある。雑踏の中に立ち止まって、不安そうにあたりを見て、誰かを懸命に探している。

奈緒子、と私は呼んだ。

「面白いと言ったろう」

天城さんが言った。

私は天城さんの顔を見た。夜祭りの紅く滲《にじ》んだような光が、表情のない狐の面を照らしている。その途端、彼は幻燈の明かりを吹き消した。夜祭りの景色も、奈緒子も、一切は闇の中へと沈んで、その暗がりの奥から、ただ天城さんの息づかいだけが聞こえた。

「奈緒子を返してください」

私は言った。

「もう君は私の欲しいものを持っていない」

行燈《あんどん》に火を点《とも》し、天城さんは呟いた。「可哀相《かわいそう》に」

彼は狐の面を外した。痩せ衰えて青白い顔がのぞく。その顔は弱々しく、不気味で、哀《かな》しげである。落ちくぼんだ眼窩《がんか》の中に、硝子玉のように虚《うつ》ろな眼がある。彼はぼんやりとこちらを見る。まるで私がそこにいないかのように、頼りなく視線をさまよわせる。

「奈緒子を返してください」

私は繰り返す。

天城さんが重い扉のように、目蓋《まぶた》を閉じる。

「可哀相にね」

彼はそう言って、痩せ細った首を垂れる。

○

私は吉田山を越えて、節分祭の中へもぐりこんだ。

大勢の人がひしめいていて、普段の吉田神社とは別世界のように賑《にぎ》わっていた。夜店が立ち並び、焼き物や甘い菓子の匂《にお》いが夕闇に流れていた。

ナツメさんの言葉を信じ、私は道行く人々の顔を選り分けながら、奈緒子の姿を探した。

京都大学の正門前を抜けて東大路へ至る参道も、人波で埋め尽くされていた。子どもたちが嬉々《きき》として食べ物を頬張り、風船や玩具《おもちゃ》を手にしていた。学生たちも連れだって歩いていた。夜店の明かりが彼らの顔を照らして、かつてナツメさんが語ったように、ぽかぽかと温まっているように見せていた。

人混みの中に大学の知人の姿が見えたが、声を掛けられることを恐れて、私はマフラーを口元へ引き上げた。林檎飴《りんごあめ》や綿菓子や当て物、夜店の前を通り過ぎながら、こんなに大勢の人間が押し合いへし合いしている中から、一人の女性を見つけ出すことなどできないのではないかと思った。

雑踏をくぐり抜けながら、私は携帯電話を取り出し、彼女に電話をかけた。連絡が取れなくなって以来、繰り返し聞いた呼出し音が聞こえた。そのまま携帯電話から耳を離して、夜祭りの喧噪《けんそう》に耳を澄ました。幾重にも重なり合う人声や物を焼く音や器具のうなりの向こうに、小さく、鈴を振るような音が聞こえた。歩むにつれて、聴き覚えのあるその音が少しずつ大きくなり、私は足を速めた。

ベビーカステラの甘い匂いが鼻先を流れた。そこに奈緒子は立っていた。ふわりと夢見るような目で、夜店を眺めていた。彼女のぶら下げたハンドバッグの中から、繰り返し、鈴の音のような着信音が響いていた。

彼女の傍らに立って、カステラを一袋頼んだ。彼女はぼんやりと私を見上げ、しばらく何も言わなかった。だんだんと目に輝きが戻ってきて、ふいに驚いたようにまじまじとカステラを見つめた。

「あら」

彼女は呟いた。

「さあ、帰ろう」と私は言った。

彼女の手を握って歩きだそうとしたとき、人混みの中に狐の面をつけた着流し姿の男を見たような気がして、心臓が高鳴った。

「どうしたの」と小さく叫ぶ彼女の手を引いて、私は駆け出した。

橙色《だいだいいろ》に輝く節分祭の明かりの中から、はやく町中へと抜け出そうと、ただ懸命に駆け続けた。東大路へ抜けるまで、決して彼女の手を離さなかった。

○

それ以来、芳蓮堂のある界隈《かいわい》に足を踏み入れない。あの日、天城家に向かう坂道を風呂敷包みを抱いて上って行ったあと、ナツメさんがどうなったのかは知らない。うららかに射《さ》す陽の中で、彼女が今も木彫りの布袋《ほてい》様を抱いて過ごしている様子を思い浮かべることもある。しかし、それを確かめに行くことはできない。

幾らか月日が経《た》ったが、それでも時折、たちの悪い夢を見て、あの薄闇の中へ引き戻されることがある。身体《からだ》にからみつくような夢からようやく逃れて目覚めたあとも、まだ夢の続きの中にいるような気がして、暗い下宿の天井を見上げながら身動きがとれない。傍らで肘《ひじ》をついて起きあがった奈緒子が、狐の面を被《かぶ》っているように見えたこともある。

そういう時はゆっくりと水を飲んで、蛍光灯の明かりを見つめ、まとわりつく夢を振り切る。薄闇の中に座り込んでいる狐の男の記憶を、できるだけ遠くへ押しやろうとする。

そして、天城さんはもういないのだと、自分に言い聞かせる。

○

天城さんはあの屋敷で死んだそうである。彼は奥の座敷の真ん中に、うつぶせになって倒れていた。溺死《できし》であった。そばには濡《ぬ》れ濡れと光る黒塗りの盆が転がっているだけで、ほかには何もなかった。

彼の遺体を動かして口を開かせると、紅い金魚がころんと転がり出たという。

果実の中の龍

○

　先輩の下宿に通い、その言葉に耳を傾けていた頃のことを思いだす。電気ヒーターで指先を温めながら物語る先輩の横顔や、文机《ふづくえ》の上にある黒革の大判ノート、部屋に積み上げられた古本の匂《にお》い、電燈の笠《かさ》にからみつくパイプ煙草《たばこ》の濃い煙――大学に入ったばかりの私には、京都の街で行き当たる一切が物珍しく見えたためでもあるだろう、先輩にまつわることはその一つ一つが琥珀《こはく》へ封じられたような甘い色を帯びて、記憶の中にある。

その一連の想《おも》い出《で》が特別な重みをもっているので、まるで学生時代のおおかたを先輩の下宿で過ごしたように錯覚するけれども、実際のところ、我々の交友はわずか半年間のことでしかなかった。

私が二回生になった春、先輩は私の前から姿を消した。

我々が会うことは二度となかった。

○

先輩は青森県下北半島の根にあたるところで生まれた。野辺地《のへじ》という町だという。実家は戦後の農地改革で没落した、かつての大地主だった。先輩は高校を卒業するまで町から離れたことがなかったが、大学受験の機会をとらえて京都へやってきた。それ以来、実家にはほとんど帰っていない。大学では法学部に属している。大学二回生から三回生の頃に、まる半年休学して、シルクロードを旅し、イスタンプールに達したことがある。そして今は、司法試験にそなえて勉強している。

以上が、先輩について当初私が知り得た一切である。

彼に出会った時、私は十八歳、先輩は二十二歳であった。

○

先輩との付き合いは、ある人文系の研究会から始まる。

しかし、大学に入ったばかりで万事遠慮がちだった私には、あまり先輩と喋《しゃべ》る機会がなかった。遠慮がなくなって、ようやく先輩の人物が分かってきたのは夏頃だったが、その頃になると先輩は研究会に姿を見せなくなった。

先輩に倣《なら》ったというわけではないが、期待したほど面白みのない研究会に興味を失って、私も顔を出さなくなった。先輩と親しく話すようになったのは、研究会を離れてから後《のち》のことになる。

大学の後期授業が始まって二週間ほどたった頃合いである。高原通にある紫陽書院という古書店で先輩を見かけた。狭くて薄暗い片隅で本を探している先輩の背はどこか淋《さみ》しげで、ときおり研究会へやってきて滔々《とうとう》と語っていた際のような気迫は感じられなかった。

声をかけると、先輩はこちらの顔を憶《おぼ》えていた。

「研究会には行ってるの？」

「いいえ。なんだか飽きました」

私がそう言うと、「早いな」と先輩は笑った。

古本屋の中は静かで、小声で囁《ささや》く先輩の息にまで、古書の匂いが染《し》みついているかのようである。先輩は私と眼を合わさず、本棚にならぶ古本を見ながら話をした。話の合間に、先輩は手を上げ、人さし指で本の背表紙を撫《な》でた。

先輩のその仕草を、それからも私はしばしば目にした。先輩は、まるで背表紙に触れた指先を通して、本の中身を味わっているように見える。のちに先輩の下宿へ通うようになってから、なんとなく真似《まね》をしているうちに、私にもその癖がうつってしまった。だから今でも、書棚の本の背表紙を撫でながら考えこんでいる自分に気づくとき、私は先輩の姿を思い浮かべる。

「君もここによく来るの?」

「下宿がこの裏なんですよ」

そうして我々は、しばらく本の話をした。

私がツヴァイクのバルザック伝を探していると言うと、先輩はその本を下鴨《しもがも》神社の古本市で購入したと言った。貸してやるから下宿に来ないかと誘われた。

○

先輩は妙な人だった。

法学部生ということだったが、工学部に出入りしているところを見た人もいれば、文学部の専門科目を受講しているのを見たと言う人もいた。ふらりと研究会に姿を現すほかは、どこで何をして過ごしているのか誰も知らなかった。

知人たちは先輩の素性について、勝手な想像をめぐらせた。いかにも真実めかした説もあれば、荒唐無稽《こうとうむけい》なホラ話もあったが、そういった噂《うわさ》を先輩は笑って聞き流すだけで、どの説が正しいとも間違っているとも言わない。賑《にぎ》やかな噂とは裏腹に、先輩自身はもの静かであった。先輩には、ただそこに立っているだけでも滲《にじ》みだす雰囲気があって、ことさら風変わりなことをしてみせなくても、まわりと一線を画しているように見えたのである。

先輩はたいてい静かにしていたが、何かの拍子で語り始めると、滾々《こんこん》と水が湧《わ》きでるように話題は尽きなかった。「そういえばね」と先輩が口を開くと、皆が自然と耳を傾けた。

話をしているとき、先輩は右手のひとさし指で左手の指を順々に撫でた。その奇妙な仕草が、先輩の記憶術の秘密ではないかと言う人もあった。本の背表紙を撫でる仕草を考えあわせると、それも見当はずれではなかったかもしれない。たしかにそう考えたくなるほどに、先輩はなんでもよく知っていた。ジャズマニアの学生と議論をし、俳句について文学部の学生と語り合い、浮世絵の変遷《へんせん》について語り、ヤクザ映画の形式について述べた。

研究会にいた当時も、先輩が色々な想い出話を語るのを耳にした。

外国を旅した時のことや、骨董《こっとう》を買いあさる米国人のこと、読書家の菓子屋など、断片的に聞いたにすぎなかったけれども、興味をひかれた。先輩はそういった自分の経験を物語風に語ることに長《た》けていた。

先輩がさまざまな経験を語るのを聞いていると、自分というものがいかにも空っぽな、つまらない人間に思われたものだ。それは私にかぎった話ではなく、ほかの連中にとっても同じだったようで、「鼻につく奴《やつ》だ」と陰口を言う人がいたのも無理からぬ話だ。

大学に入ったばかりの頃というのは、たった数年だけ先をゆく人間がやけに経験豊富な大人に見えるものだけれども、先輩はとりわけ強い印象を私に与えた。

○

先輩は一乗寺《いちじょうじ》にある二階建ての古いアパートに住んでいた。となりを叡山《えいざん》電鉄が通っていて、ときおり電車の駆け抜ける音が響いた。

非常階段の脇《わき》を通って一階の廊下に足を踏み入れると、隣のアパートの濡《ぬ》れたような灰色の壁が目前まで迫り、昼でも薄暗くて寒々しかった。各室の前には束ねた新聞紙やゴミの詰まった袋、ガラクタを入れた段ボールなどが雑然と置かれている。コンクリート剝《む》き出しの床の隅には、大きな蚊蜻蛉《かとんぼ》や蛾《が》の死骸《しがい》が埃《ほこり》まみれになって転がっていた。

先輩はそのアパートを二部屋借りていた。一部屋は生活用のスペースだったが、もう一部屋は本を保管するためのいわば図書室である。

その四畳半の図書室では、ドアを除く壁面をすべて本棚が埋めており、たった一つある窓も本棚に塞《ふさ》がれて用を為《な》さなかった。本棚から溢《あふ》れた本は畳に積み上げられ、部屋の半分は足の踏み場がない。辛うじて作られた隙間《すきま》に、骨董品めいた小さな文机が置かれ、何かを書きかけた紙片や筆箱や、付箋《ふせんし》紙をつけた本が何冊も積まれていた。かすかに甘い匂いが部屋に染みついていたが、後にそれがパイプ煙草の匂いであることを私は知った。

そこはまるで本の壁に囲まれた居心地の良い牢獄《ろうごく》のようであった。

それらの書物は、とくに分類されているようには見えなかったが、先輩は手に取りたい本を探しあぐねて困惑したことなど一度もなかった。

その日、私はツヴァイクのバルザック伝を借りて帰った。

「またいつでも来ればいい」

先輩は言った。「たいてい、僕はここにいるから」

その後、私は幾度も先輩の下宿を訪ね、その図書室で多くの時間を過ごした。時には先輩の物語に耳を傾け、時には本を借りて読んだ。私が本を読んでいる時、先輩は司法試験の参考書を読んでいるか、あるいは文机に積み上げた下書用紙を一枚ずつ取って、万年筆を走らせて書き物をしていた。何を書いているのか、先輩は私に教えなかった。

○

大学二回生の秋から始まった先輩の放浪の旅は、およそ半年後、トルコで終わった。先輩がなぜそんな長い旅に出たのか私は分からなかったけれども、その旅の想い出話を聞くのは面白かった。

先輩は本棚に隠してある黒革の大判ノートをひっぱり出してきて、それをめくりながら語ってくれた。ノートの各ページには日付がふってあり、訪れた街の地図や、出逢《であ》った人、食べた物などが丁寧に書きこまれている。それは克明な旅の記録であった。神戸から上海《シャンハイ》まで航路をとり、上海からは鉄道で西安《シイアン》へ行く。そこがシルクロードの出発点である。西安から敦煌《とんこう》、トルファンを経て、ウルムチ、カシュガル。そこから国際バスに乗ってパキスタンに入った。イランを抜けて、トルコを東から西へ移動し、イスタンブールを目指す。

「トルコは不思議な国だ。男は髭面《ひげづら》のおっさんか、子どももしかいないね」

「本当ですか、それ」

「あれはなんだろう。思春期が終わると、一足飛びでおっさんになるのかなあ」

そんなことを言って、先輩は私を煙に巻いた。

それだけの大旅行をしたというのに、私の知っているかぎり、先輩はほとんど外出しなかった。先輩が出かけるとすれば、古本屋か映画館へ行くか、食料を買いに出かけるか、銭湯へ出かけるか、そのいずれかだったろう。なかでも先輩の銭湯好きはとくに印象に残っている。

近所の銭湯は夕方の四時ぐらいから暖簾《のれん》をかける。それぐらいの時間帯なら、まだ客も少ないので、夕陽の射《さ》しこむ広々とした銭湯を貸し切りでつかうことができる。先輩はその夕方の銭湯が大好きで、しきりに出かけた。大学が早く終わった日には、私も幾度か一緒に出かけた。

先輩の下宿の隅には、丸い木桶《きおけ》が置いてあり、入浴道具一式が入っている。銭湯に行くと決めると、先輩は楽しげにそれを脇に抱えた。下宿の鍵《かぎ》をかけながら、「風呂《ふろ》だ風呂だ」と、歌うように言ったものだ。そうして大きな下駄をはき、アスファルトを鳴らして銭湯まで歩いていく。丸い木桶を小脇に抱え、肩には新聞勧誘員からもらった白い手ぬぐいをかけている。嬉々《きき》として歩く先輩の隣で、私は入浴道具の入ったビニール袋をさげて歩いた。

湯につかると先輩は上機嫌になって、いつにもまして気軽に話をした。針金みたいに痩《や》せ細った近所の爺様《じいさま》がでんと座っている時にはさすがにひかえていたけれども、ほかの客がいないときには、先輩は湯船に浸《つ》かりながら、とりとめもないことを口にした。

「天井からぽたりと冷たいしずくが、冷てえなァ、冷てえなァ」

妙な歌を幾度も口ずさんでいた。

その銭湯行には、まれに女性が加わることがあった。

普段は彼女にぶっきらぼうな先輩も、そういう時は子どもっぽいことをした。湯から上がる段になると、壁越しに女湯に向かって、「出るぞう」と声をかける。彼女が返事をしないと、幾度でも大声をだす。最後には名前まで呼ぶことがあるから、そうなると彼女も音《ね》を上げて、小さい声で「はい、はい」と返事をする。

「あれはやめて」

彼女は先輩に言った。

「一緒に出なければ、どちらかが風邪をひくからなあ」と先輩は答える。

先輩がもう少しその茶目っ気を見せてくれればいいと私は思った。なぜならば、彼女はそういう時、迷惑そうな顔をしてみせながらも楽しそうだったからである。

彼女のことを先輩は「結城さん」と呼び、私は「瑞穂《みずほ》さん」と呼んだ。

瑞穂さんは先輩と同い歳《どし》で、理学部の大学院生であった。瘦せて長身で、私よりもわずかに背が高かった。理知的な細い眉《まゆ》をしていた。話をするときにはその眉をひそめるようにして、相手の眼を見つめる癖がある。研究室は忙しいようだったが、彼女が疲れや苛立《いらだ》ちを見せることはまれであって、つねにしっとりと小糠雨《こぬかあめ》に濡れたように落ち着いていた。

先輩と彼女の出逢いについては、当時私は何も知らなかった。長い付き合いだろうとは思っていたが、大学に入ってからなのか、それとも大学以前からの付き合いなのか分からない。先輩も瑞穂さんも、自分たちのことをあまり語らなかった。私も無理をして聞きだそうともしなかった。

初めて彼女に会ったのは、先輩の下宿に通うようになってから間もなくのことである。

いつものようにノックして図書室に入ると、先輩は書き物をしていた。先輩一人だとばかり思っていたら、隅に女性が座って本を読んでいた。くすんだ色の中に明るい色が広がったように感じられた。彼女は細い眉をしかめて洋書を睨《にら》んでいたが、私を見ると強《こわ》ばっていた眉の緊張をふわりと解いた。

瑞穂さんは微笑《ほほえ》んで、「こんにちは」と丁寧に言った。

◯

ある日、珍しく先輩と長い散歩に出た。

街路樹の葉が色づき始めていて、夕暮れにもなると冷たい秋風が吹く。空は澄んだ紺色で、西空はまだほんのりと赤かった。私と先輩は徐々に暗くなっていく吉田山を越えていった。吉田山を東へ下って真《しん》如堂《によどう》境内を抜けていくと、白川通へ出た。市バスがたくさん止まっている錦林《きんりん》車庫の向かい、白川通に面して「緑雨堂」という小さな古本屋があった。

先輩は京都にある古本屋をよく知っていたけれども、この「緑雨堂」では一時期店番をしていたことがあると言った。「緑雨堂」はすでに店じまいをしていたので、我々はわきにある階段を上がり、二階の喫茶店に入った。白川通に面した窓際《まどぎわ》の席で定食を食べた。

「緑雨堂で働いていたときだね、例の読書家の菓子屋と会ったのは」

食後の珈琲《コーヒー》を飲みながら先輩が言った。

「彼は西洋菓子屋のオーナーだった。四条の方に二店舗ある。そこでケーキも買ったことがある。あんなに可愛《かわい》らしいお菓子を売るのに、本人はもの凄《すご》く恐い、野獣みたいな顔でね。家の床の間には日本刀まで置いてあった。妙な人だった」

その読書家は緑雨堂のお得意で、一ヶ月に二度三度と姿を見せたという。

彼は白川通に黒光りする車を止めて、仏頂面《ぶっちょうづら》のまま、硝子戸《ガラスど》を押し開けて入ってくる。緑雨堂の主人は終始しかめ面でそれを迎えた。おたがいに迫力のある面がまえなので、彼らが二人で静かに喋《しゃべ》っていると異様な凄みが漂ったが、その実、喋っているのは古本のことばかりであった。彼らのあいだには、世間話というものが一切なかった。

先輩は緑雨堂主人の手伝いで、その客人の邸宅にも出かけた。緑雨堂主人は運転を面倒がるので、先輩が代わりに軽トラックを運転していた。訪ねる先は下鴨神社の北にあるまだ新築の豪邸である。そのリビングルームに招き入れられて、床に積み上げられた本に値をつけていく。客人は非常な読書家で、その速読ぶりは神業のようだったという。こちらが値をつけているかたわらでソファにあぐらをかいて、一冊、二冊と読み終わり、「これもついでに持って行け」と言うこともあった。

「ああいう人が本を読んでいる様子というのは、とても真面目《まじめ》に読んでいるようには見えないね。ただ頁《ページ》をぱらぱらめくって遊んでいるだけに見えるね」

「先輩だって読むのは速いでしょう」

「僕は比べものにならないよ。あれは特殊な才能だ」

「そういうものかなあ」

「そうやって何度か通っているうちに、とくに喋ったわけじゃないけれども、なんとなく信用されたらしい。それで、個人的に仕事を頼まれることになった」

先輩は古道具屋や古本屋、家庭教師など色々なアルバイトをしたと聞いていたが、その古本屋のお得意から頼まれた仕事ほど変わったものはなかったという。

「まるで夜逃げのような雰囲気だった。軽トラックで来るように言われたのは夜更《よふ》けだったし、チャイムも鳴らすなと言われた。時間通りに家の前まで来れば、あとはそこで指示を待てということでね」

私は呆《あき》れた。「よくそんなことを引き受けましたね」

「好奇心だよ」

「僕には無理だな。怖いですよ」

「怖いことはもちろん怖かったさ」

「それで何を運んだんですか？」

「軽トラックを路上へ停めて待っていると、暗い家の中から、例の客人が出てきた。黒いスーツに身を包んでいた。それで僕は運転席から下りて、家へ入った。運び出すものはたくさんあった。たいてい箱に入っていたり、包んであったりしたけど……彼が蒐集《しゅうしゅう》していた骨董品だろうね。その夜どこかへ運んで処分するつもりだったんだ。いちばん得体が知れなかったのは、バスタブみたいなものでね。とてつもなく重かった。台車を使って運び出しても、二人だけで荷台に載せるのは並大抵の苦労じゃない。シートにくるんであるからよく分からなかったけれど、生臭い水の匂《にお》いがした」

荷物を積み終わってから、先輩と客人は車に乗り込んだ。暗い住宅街を抜けて、下鴨本通へ出る。不思議な荷物を積んだトラックは、交通量も少なくなった夜の街を抜けていく。客人は一言も口をきかず、曲がるべきところで指を動かすだけだった。

下鴨本通を北へ走り、北大路通を東へ折れる。高野川を越えて、高野の交差点を通り過ぎ、白川通に至った。客人の指示はそこから入り組みだし、先輩は幾度も暗い町角を折れて、迷宮のような町の奥へ入っていった。細い路地が錯綜《さくそう》している上に暗いから、自分の辿《たど》って来た道を把握することもできない。繰り返し角を折れるにつれて方角もさだかでなくなる。先輩の記憶の中では、田んぼのわきで淋《さび》しく光る街灯、自動販売機、雨戸を閉じた家々、暗いドブ川など、断片的な印象が脈絡もなくならんでいる。ずいぶん遠くまで来たように思われ、先輩は心細く感じた。

「あれはわざと遠廻りさせたらしい」

辿り着いたのは急な勾配《こうばい》の坂の上にある、立派な門構えの古い屋敷であった。

橙色《だいだいいろ》の門燈がぽつんと輝いていた。指示されて先輩が門前へ軽トラックをつけると、先ほどまで誰もいなかった門燈のかたわらに着流し姿の男が一人、ゆらりと立っていることに気づいた。助手席に座っていた客人は無言で先輩を押しとどめると、待ち受けている男のところへ歩いていった。

「僕はサイドミラーで様子をうかがっていた。僕の客人はなんだか恐い顔をしていた。その屋敷の玄関先で客人と商談している人間はどういう顔をしていたか分からない。狐《きつね》の面をつけていたからね」

「妙な話ですね」

「点《とも》っている明かりといえば門燈だけで、屋敷は真っ暗だ。そばに竹林があるらしくて、ずっとざわざわ音がしていた。しばらくぼんやりしていると、客人が合図したんで、荷物を下ろすのを手伝った。狐面の男はそばに立って見ているだけだった」

「それから？」

「その夜はそれでおしまい。荷物を下ろした後、僕らはまた車を運転して帰った。下鴨の住宅地で別れる時、その客人は礼金をはずんでくれた。しばらくアルバイトする必要もなかったね」

謎解《なぞと》きがなかったので、私は拍子抜けした。

先輩は煙草《たばこ》に火をつけて、ふうと煙を吹いた。

「僕はああいうのが好きだよ」

「ああいうの、って？」

「ああいう妙な出来事だ。僕が経験したことなんてタカが知れているけれども、京都で五年暮らしてみて、不思議なことは色々あったよ」

「僕にはまだそんな不思議な経験は一つもない。先輩が一番不思議ですよ」

先輩は微笑み、窓外へ目をやった。白川通は藍色《あいいろ》の夕闇《ゆうやみ》に沈んでいる。先輩の痩せた顔がぼんやりと窓硝子に映っていた。私もつられて窓の外を見た。

「こうやって日が暮れて街の灯がきらきらしてくると、僕はよく想像する。この街には大勢の人が住んでいて、そのほとんどすべての人は赤の他人だけれども、彼らの間に、僕には想像もつかないような神秘的な糸がたくさん張り巡らされているに違いない。何かの拍子に僕がその糸に触れると、不思議な音を立てる。もしその糸を辿っていくことができるなら、この街の中枢《ちゆうすう》にある、とても暗くて神秘的な場所へ通じているような気がするんだ」

先輩はそう語ってから、煙草の煙を吹いて笑った。

「これは、僕の妄想《もうそう》だけれどもさ」

○

「短夜の狐たばしる畷《なわて》かな」

先輩がふいに呟《つぶや》いた。

もう外は日が暮れているらしかった。先輩の部屋には窓があるけれども、大きな本棚でふさがれているので、ほとんど光が入らない。先輩を訪ねて、気づかぬうちに深夜になっていたこともしばしばあった。そういう時は、先輩は「やあもう夜中だ」と言いながら立ち上がり、私を連れてそばにある小さな中華料理店へ出かけた。他の定食屋はみな閉まっていたからだ。

先輩が不思議なことを呟いたので、私は読みさしの本から顔を上げた。先輩は司法試験のテキストを放り出して、私の方へ向き直った。

「ナワテって何ですか？」と私は訊《たず》ねた。

「この場合は田んぼのあぜ道のことだろうなあ」

先輩はそう呟いてから、「そういえばね」と話を続けた。

「昔、同人誌を作っていたときの仲間が、上京区《かみぎょうく》にある寺の息子で、夏休みになると本堂に近所の子どもたちを集めて勉強を教えていた。家庭教師をやるよりも効率がいいからだ。謝礼金はそんなに取らないけれども、何人もいちどきに教えるわけだから、いい稼ぎになったらしい。誘われて覗《のぞ》きに行ったんだけれども、御霊《ごりょう》神社あたりの入り組んだ町中にあって、思っていたよりも立派な寺だった。真夏でも本堂の中は不思議にひんやりしているから、勉強するのにはちょうど良い。僕は彼が教える手伝いをしたり、本を読んだりしていた。彼は面白い工夫をする男でね、自分でオレンジジュースやラムネを用意しておいて、子どもたちの集中力が無くなると、そういったおやつを出す。昼時には寺で飯も出す。僕はヒマだったから、だだっ広い台所でそうめん茹《ゆ》でるのを手伝ったりした」

「合宿みたいで、面白いですね」

「小学生から中学生まで集まって、賑《にぎ》やかだったよ」

「生徒を集めるのが難しいでしょう」

「彼の教え子たちはみんな、同じ剣道場に通う後輩たちだった。寺のそばに清風館道場という古い剣道場があってね、彼はそこで昔から竹刀《しない》を振っていたんだ。彼に誘われて少し道場を使わせてもらったこともあるよ。僕も中学までは地元で剣道をやっていたから、懐《なつ》かしかったな」

「先輩が剣道？　似合わないな」

「試合は弱かったけど、素振りは上手《うま》かった」

先輩は竹刀を握って振る仕草をして見せた。

「その寺で勉強を教わっている中学生の女の子で、剣道が強いと評判の子がいた。頭の良い熱心な子で、最後まで残って勉強を教わっているから、よく家まで送って行った。なにしろその頃、町中で通り魔事件がよくあって、中学生の女の子を一人だけで夕暮れに帰すのはまずいからだ。そうやって歩く道々、どうやったら剣道で強くなるのかとか、興味深い話を色々聞いた。でも一番面白かったのは、胴の長いケモノの話だった」

先輩はそこで一息ついて、湯気の立つ珈琲を注いだ。

「そのケモノは、古い空き家なんかに棲《す》みついて、夕暮れから夜にうろうろするというんだ。彼女は小学生の時、そいつが近所の空き家の塀から出入りしているところを見たことがあると言った。なんだか狐みたいだったそうだが、それにしてはずるずると蛇みたいに胴が長い。道端に立ちすくんでじっと見ていると、そいつは彼女の方を向いてカッと口を開いた。その歯ならびがやけに人間臭かったそうだ。まるで夕闇の中で歯を剝《む》きだして笑っているように見えたらしい」

先輩は怪談を語るような口調で言った。

私は笑って聞いていた。

「それはたぶん、鼬《いたち》ですよ。思わぬところに動物が入り込んでること はよくある」

「それにしても、不気味で面白い。肝試しにはちょうど良いだろう。だから彼女を家まで送るついでに、友人と一緒に彼女がそいつを目撃した近所の空き家へ忍び込んでみた」

「また物好きなことしますね」

「その時はただ埃《ほこり》にまみれただけで、ケモノもおらんし、怖ろしいことなんか何も起こらなかったよ。でもその後で、ちょっとした騒動が持ち上がったんだ。八月の終わり頃、その寺の息子の知り合いに映画サークルに所属している人間がいて、撮影に寺の境内を使わせて欲しいと言ってきた。友人は面白そうだと言って、住職に頼んで許しをもらった。

映画サークルの連中が機材を持ち込んできた日のことはよく憶《おぼ》えている。僕も本堂の縁に座って、彼らの撮影を見物していたからね。友人は特別出演させてもらうと言って、はしゃいでいた。台詞《せりふ》もないエキストラで、画面の中を右から左へ横切るだけだ。

とりあえずその場面を撮り終えてから、寺の一室で休憩がてらに西瓜《すいか》を食べながら観《み》ることになった。観たとたんに友人の顔が真っ青になった。そのままぶっ倒れてしまって大騒ぎさ。その日は、救急車を呼んだりなにやらで、大騒ぎするだけで何にも分からなかった。彼は高熱を出して寝込んでしまった」

先輩はパイプ煙草にマッチの火を近づけて、ふっふっと吸った。

「九月に入ってからようやく落ち着いてきたと知らせが来たんで、僕はもういっぺんその寺を訪ねた。今でも思い出すのだけれど、空のほとんどを雲が覆《おお》っているのに、西空に雲の切れ間があって、そこから夕陽が射《さ》していた。なんだかあたりが赤っぽくて異様な気配がして、キリコという画家の絵があるだろう、寺の境内はああいう雰囲気だった。人気《ひとけ》がなくて、淋しくてね。

僕は門をくぐって歩いていった。正面に本堂があって、左手に友人の家がある。僕はそちらへ向かって歩いていったのだけれど、その時、本堂の床下から何か細長い影が滑り出してきて、人気のない境内をするすると抜けていった。僕とは反対の、右手へ向かっている。ぎょっとして見ていると、ふいにその影は動きを止めた。鎌首《かまくび》をもたげるようにして、こちらを振り返るのが見えた。本堂の陰になっていたから、見えにくい。けれども暗がりの中で、そいつの白い歯がたしかに見えた。なんだかこちらへ向いてカッと笑ったように見えた。

友人はもう立って歩けるぐらいまでは元気になっていて、その日は一緒に夕食を食べに出かけた。そこで僕は初めて聞いたんだけれども、二人で空き家を探検して以後というもの、彼は色々と妙な出来事に悩まされていたらしいんだ。夜中に廊下の奥からケモノのうなり声が聞こえたり、朝目が覚めると布団《ふとん》の中に動物の毛が散らばっていたりね。人に相談するのも恥ずかしいから、一人で気に病んでいた。

そこへ例の映画だ。画面には日盛りの境内が映っていた。その背景を彼が右から左へ横切る。我々には、彼はいつもの彼に見えた。でも彼本人には、そこに映っている自分の顔がケモノに見えたそうだ」

そうして先輩は珈琲《コーヒー》をすすった。

「その人はよほど思い詰めていたんですね」

「かもしれない。……では、僕が境内で見たあのケモノは何だったろう」

「だから魎でしょう。夕暮れの中だから、妙な風に見えたんですよ」

「そうだろうか……」

先輩は悪戯《いたずら》っぽい笑みを浮かべた。

「そろそろ寒くなってきた頃に、例のケモノの話をしてくれた女の子と町中で偶然会った。彼女は紺色の剣道着を着て防具袋を背負ってね、路地の奥に立ち尽くしたまま、僕をじっと睨《にら》んでいた。なぜそんなに睨んでいるのか分からない。近づいていったら、彼女は『先生』と呟いたまま、まだこちらを睨んでいる。なぜそんな怖い顔をしているんだと僕が訊ねたら、『さっき角を曲がってくる時、先生の顔が大きなケモノに見えました』と彼女は言った。その後でけらけら笑いながら歩いて行ったよ」

我々が向かい合って黙りこんでいると、先輩の四畳半は夜更《よふ》けの静けさの中へ沈んだ。

「短夜の狐たばしる畷かな」

先輩は呟いた。「なんだか、あの夏のことを想《おも》い出す」

二人とも腹を鳴らした。時刻は十一時を廻っている。

食事に出かけようという話になったとき、瑞穂さんが訪ねてきた。彼女は研究室の飲み会からの帰りで、珍しく酔っぱらって陽気であった。

その夜は、三人で近所の中華料理店へ出かけた。

○

清水寺《きよみずでら》では紅葉のライトアップが始まり、東に迫る山々も赤や黄色の暖色を纏《まと》うようになった。地面に降り積もってゆくような寒さは一段と厳しさを増した。私にとって、初めての京都の冬だった。

大学の学園祭が行われたが、私には無縁だった。模擬店出店申請のために学部の友人に名義を貸しただけである。私はただ、先輩の下宿へ通って過ごした。

しんしんと寒い深夜など、先輩は本棚の本を抜いて、その裏に隠してある酒を出してきた。私は先輩の下宿で初めてウイスキーというものを飲んだ。不味《まず》いものだとは思ったけれども、先輩の話に耳を傾けながら、小さな毛布を肩にかけ、酒を少しずつ飲むのは楽しいことだった。先輩は毛布を肩にかけ、茶色のパイプをくわえて甘い煙をしきりに吐いた。

話題は目まぐるしく変転した。

古本屋で店番をしながら出会った奇妙な書物の話や、「女王」と呼ばれる女性の指示で大学内で恐喝じみたことを行っていた連中との対決、例の読書好きの菓子屋に紹介されて知った「芳蓮堂《ほうれんどう》」という古道具屋と盗品故買の話、仲間を集めて作った自主製作映画と映画祭への参加、さらにその映画製作を巡る複雑怪奇な内紛——。大学時代の冒険談がひとしきり続くと、先輩は子ども時代の想い出や、故郷についで語った。

先輩と本の出会いにまつわる物語を聞いたのもそんな夜である。

「君は昔から本を読む子どもだったか？」

「うちは両親が本をよく読んでいたので。先輩もそうですか？」

「いいや。僕の父は、『本』というものを嫌っていた。でも、そうなるとますます手を出したくなるのが子どもだからね」

実家には書物というものがないと先輩は言った。

蔵の中に先代の買い集めていた古い書物がかなりたくさんあったそ

うだが、父親がことごとく売り払ってしまった。父親は本を嫌った。だからこそ子どもたちには「本」というものが、いっそう不思議で魅力的なものに見えた。先輩は四人兄弟の末弟だったが、その長兄がまず本を読みだした。長兄は兄弟の中でも末っ子の先輩を一番可愛《かわい》がり、自分の本を与えて読ませてくれた。

しかし長兄が持っていた本は父親の知るところとなり、彼は自分の手でその本を燃やす羽目になった。庭の隅で本を火に投げ入れる長兄を、父親は縁側からじっと見ていた。その焚書《ふんしょ》の記憶は小学生だった自分の脳裏に刻みこまれたと先輩は言う。

長兄と父親は長く仲違《なかたが》いを続けた。ある年、長兄と父親が激しい口論の末にたがいに激昂《げっこう》して騒ぎになった。父親は床の間に飾ってあった脇差《わきざ》しを抜いて振り廻した。先輩が父親を羽交い締めにして、ようやく事なきを得た。

その後、兄は京都の大学へ進学する。

やがて先輩も兄に倣《なら》って京都へ来ることになったが、その時すでに兄の居所は知れなかった。在学中に、兄は実家との連絡を断ったからである。

○

図書室のとなりにある先輩の生活用の部屋には、家具がほとんどなかった。

小さな冷蔵庫と食器棚、電気ヒーターと扇風機が出しっぱなしになっている。秋から冬にかけて、扇風機の羽根一枚一枚を埃が白く覆った。家具がないために、染《し》みのある薄汚い壁がむきだしで、ひどく寒々しい。四畳半の広さであるのに、六畳ある私の下宿よりも広く感じられた。となりの図書室が居心地の良い牢獄《ろうごく》であるとすれば、こちらはまるで座敷牢のようである。盗まれるようなものは何もないと先輩は言い、鍵《かぎ》さえかけなかった。

部屋の隅に布団が畳んであって、そばには小さな電気スタンドと先輩の枕頭《ちんとう》の書、そしてあの旅行鞄《かばん》がある。その部屋が淋《さび》しく見えたのは、家具の少なさのせいだけではなく、その旅行鞄のためであったろう。その鞄を見るたびに、まるで先輩が次の旅へ出る支度を終えているように感じられた。

ある夜、私がその印象について語ると、先輩は首を振った。

「もう旅は御免だね。一生に一度でいいよ、あんなのは……」

「でもそんな気がするな。家具もないから、引っ越し直前みたいに見えますね」

「ここは喰って寝るだけの部屋なんだから、しょうがない」

「その鞄がいつも枕元《まくらもと》にあるでしょう」

私は古い旅行鞄を指さした。

先輩は苦笑した。

「これには旅行の支度なんか入ってない。ガラクタだけだよ。引っ越しするたびに悩むのが嫌で、始末に困るものを一切合財まとめておくことにしたんだ。兄貴からの手紙とか、バザールで買った煙管《きせる》とか、帽子とかね。親父《おやじ》が振り廻した脇差しも入っている」

「想い出の品ですか」

「そんなもの、幾らあってもしょうがないけどね。捨てるか捨てないか、悩むのが面倒だ」

先輩は言った。

それから、先輩が「簡単ラーメン」と名付けたものを食べた。大した工夫があるわけではなく、安い鶏肉《とりにく》と葱《ねぎ》を煮こんで作ったスープに醤油《しょうゆ》やラー油を加えたものだと思うけれども、スーパーで買ってきた生麺《なまめん》を茹《ゆ》でてそのスープに入れると、素朴な味で美味《おい》しかった。

先輩の話は琵琶湖《びわこ》の湖賊や、長浜城と豊臣秀吉、そして国友一貫斎《くにともいっかんさい》から蒸気機関車など、とりとめもなく膨らんでいった後、琵琶湖疏水《そすい》のことになった。先輩は遠い明治時代のことを仔細《しさい》に語り、それがいかに大きな事業であったかということを説明した。

「こんな本もあるよ」

先輩が見せてくれたのは、田邊朔郎《たなべさくお》という琵琶湖疏水計画に関わった人物の著作だった。

「珍しいだろう。例の読書家の菓子屋にもらった」

○

十二月に入ると、紅葉の季節も終わって、途端に街にはクリスマス飾りが溢《あふ》れる。子どもの頃は家族で一緒にクリスマスを祝ったものだが、大学に入って一人暮らしを始めてみると張り合いもない。とくに何をするという予定もなくぼんやりしていたら、先輩から誘いを受けた。

「結城さんも来るから、三人で一緒にやろう」

先輩はクリスマスを祝ったりはしないだろうと決めつけていた私は意外に思った。しかし、せっかく瑞穂さんと二人のところへ、のこのこと顔を出すようなことをしたくはない。いったんは辞退したけれども、瑞穂さんから電話がかかってきて、「遠慮せずにいらっしゃい」と言われた。「ついでにフライドチキンを買ってきてくれる？」

クリスマスイブの当日、私がフライドチキンの箱をさげて先輩の下宿を訪ねると、彼は図書室の本を片づけて、折りたたみ式の食卓をすえ、白いテーブルクロスを広げていた。私がチキンの箱をそこへ置くと、先輩は赤い大きな蠟燭《ろうそく》に火を灯《とも》した。電気を消すと、蠟燭の明かりが書棚に囲まれた部屋を照らしだした。

「錬金術師の工房のように見えるな」と先輩は愉快そうに言った。

先輩と二人だけで蠟燭の明かりを眺めていると、やがて瑞穂さんが赤ワインの瓶とグラスを紙袋に入れてやって来て、「あ」と嬉《うれ》しそうな声をあげた。ふだんは落ち着いて見える瑞穂さんが子どものようにはしゃぎながら蠟燭の前に座り、「クリスマスっぽい」と喜んだ。

瑞穂さんがワインのコルクを抜いて、三つのグラスに注いだ。

「彼は僕が誘っても来ないんだ。なのに結城さんが誘ったら来るんだな」

先輩が言った。「しょせん、そんなもんだよ」

私は慌《あわ》てて手を振った。「気を遣ってたんですよ」

「ふつう遠慮してしまうよね」と瑞穂さんが言った。

私は先輩へ、下書きに使うためのクリーム色の紙の束を贈った。瑞穂さんは先輩に京都の古い地図、私にはマフラーをくれた。先輩はプレゼントをもらうことなど想定していなかったらしい。しばらく思案していたが、やがて隣の部屋へ出て行き、小さな石と黒いノートを持って戻ってきた。そして、そのノートを私にくれ、小さな石を瑞穂さんへ手渡した。

瑞穂さんが受け取った石は、胡桃《くるみ》ほどの大きさで、柔らかな乳白色をしていた。彼女が蠟燭の光の中で廻してみせると、濡《ぬ》れたように輝いた。彼女はそれを手のひらにのせて見つめながら、小さな溜息《ためいき》をついた。私は彼女のかたわらから覗《のぞ》いた。手のひらにおさまるそれは、ただの石ではなかった。柿らしい果実の中から、とぐろを巻いた小さな龍《りゅう》が顔をのぞかせている、美しい彫刻であった。

「読書家の菓子屋に言われて仕事をしたのが緑雨堂の親父さんに知れて、何となく気まずくなったので、僕は古本屋のアルバイトを辞めてしまった。その後に『芳蓮堂』という一乗寺にある古道具屋で働き始めた。けっきょく半年ぐらいで外国へ出かけることになってしまったから、長く働いたというわけではないけれども、そこの主人の須永《すなが》さんとはずいぶん親しくなったのだ」

旅に出る時、古道具屋の主人がくれたのが、その彫刻であるという。それは「根付《ねつけ》」と呼ばれる彫刻だった。

昔、薬などを入れて持ち運ぶ印籠《いんろう》というものがあった。それを和服の帯などに固定する役割を果たすものが根付である。江戸時代、根付の製作は精巧を極めた。もちろん、今では非常に高価なもので、おいそれとは入手できない。瑞穂さんが手にしている「果実の中の龍」が、いったいどれほどの値打ちがあるものなのか、私には見当もつかなかった。

しかし瑞穂さんは静かに、その根付を先輩の方へさしだした。瑞穂さんの顔は蠟燭の淡い明かりの中で強《こわ》ばっていた。「私は、いらない」と彼女は言った。

「遠慮しないでもいいよ」

「私はいらない」

部屋の空気が堅くなり、居心地が悪くなった。瑞穂さんを見る先輩の顔に、あまり見たことのない、不愉快そうな表情が現れてきた。先輩が受け取ろうとしないので、瑞穂さんは根付のやり場に困り、それを蠟燭のとなりに置いた。そうして眼を伏せた彼女は、しばらく顔を上げなかった。

その時、目の前で始まったものが、ただの痴話喧嘩《げんか》なのかどうか、私には判断がつかなかった。瑞穂さんという人は私の前でそんな風に取り乱すような人ではなく、よほどの理由があると思われたからである。

瑞穂さんはうつむいたままであり、先輩は彼女から目をそらしたまま黙りこんでしまい、堅く凝《こご》った空気は容易にほぐせそうもなかった。

私は適当な口実を言って、帰ることにした。部屋から出る時、蠟燭の明かりにぼんやりと浮き上がった先輩と瑞穂さんの姿をいま一度見た。先輩はあぐらをかき、傍らに積み上げた本の背表紙を指先で撫《な》でており、瑞穂さんは正座して頭を垂れた姿勢のまま動かなかった。

○

クリスマスが過ぎるとまた街の様子が一転して、年末が迫ってきた。私は二十八日に実家へ帰ることにしていたので、二十七日の夜に先輩の下宿を訪ねた。忘年会というほどのことではないけれども、先輩と一緒に三条にある居酒屋へ出かけた。先輩は大学の連中と会うのが面倒だと言って、大学の近くでは酒を飲まなかった。

「こないだは気まずい思いをさせて悪かったよ」

先輩が酒を注ぎながら頭を下げた。「たまに、ああいうことがあるんだ」

それだけ言ったが、詳しくは語らなかった。

私は芳蓮堂という古道具屋でどんな仕事をしたのか訊《たず》ねて、話題を変えた。先輩は骨董《こっとう》市で店を出した話や、北白川にある屋敷の蔵に入った話をした。酒が進むにつれて先輩の舌はより滑らかになってきた。私の方も酔っぱらって、良い気持ちで聞いていた。

居酒屋の中は大勢の客で賑《にぎ》わっている。ひときわ賑やかだったのは、我々のとなりのテーブルを囲んでいる外国人と日本人が入り交じった集団であった。先輩はふと顔を上げて、その集団の中にいる外国人を見つめていた。やがてその一団が帰り支度をして出て行くと、先輩はそれを見送って面白そうに微笑《ほほえ》んだ。

「あの中に古道具屋によく来ていた米国人がいたよ」

先輩は言った。「ずいぶん久しぶりだ。まだ京都にいたんだな」

我々はそれから木屋町へうつって、小さなバーで酒を飲んだ。

「彼はサンフランシスコから来たと言っていた。英会話を教えたり、日本の骨董品をアメリカへ輸出して稼いでいるらしかった。芳蓮堂で胡散《うさん》臭いものを色々買いこんでいたね。でも骨董品収集家とか、そういった大げさな人ではないんだ。日本風の品で見た目が面白ければ、いんちき臭くてもかまわないんだね。サンフランシスコに友人が経営している日本雑貨を売る店があって、そこの出張買い取り員みたいなものだ。芳蓮堂は敷居が低い店だし、彼にも便利だったんだろう。もっとも、彼はガラクタ市に出かけて気ままに漁《あさ》る方が好きだったようだ」

先輩は焼きソーセージを齧《かじ》った。

「彼の親父さんは終戦直後に京都に来たことがあるんだ。米軍が日本へやって来た時、京都にも進駐軍の拠点が置かれたからね。彼の親父さんは日本の様々な骨董品に興味を持って、街へ出ては古道具屋をのぞいたりしていたそうだ。親父さんから聞いた話を彼も色々してくれたけど、奇想天外な話が多くて、彼が親父さんにかつがれたんじゃないかと思われるような話も多かった。そうだな、彼が是非見てみたいと言っていたものにからくり幻燈というやつがあった」

「幻燈ならば、いくらでもあるんじゃないですか？」

私が言うと先輩は首を振った。

「彼の親父さんは疏水沿いにある実業家の屋敷で見せられたそうだけども、ただの幻燈じゃないんだ。決められた配置で四つの幻燈を置くと、座敷の真ん中へ立体的に妖怪の姿が浮き上がる。そうして色々な動きをするのだそうだ。古道具屋の主人も聞いたことがないと言っていた。僕も調べてみたんだけれども結局分からなかった」

「親父さんのでたらめですか」

「日本は神秘の国だと言って、息子を煙に巻いていたのかもしれない。それで息子が本当に日本に来てしまったのだから凄《すご》い嘘《うそ》だ」

「そんなに妙な幻燈なら、僕も見てみたい」

「彼は他にも、妙な物を探していた。それも親父さんが実業家から見せられたものらしいんだけど、妖怪の剝製《はくせい》なんだ。飾ると縁起が良いから、京都ではどの家も妖怪の剝製を飾ると親父さんに教わったそうだけど、いくらなんでもあんまりな嘘だ。まあ、河童《かっぱ》や人魚のミイラとかね、そういう胡散臭いものならたくさんあるのだろうけれども。彼が言うには、親父さんが見たものは蛇みたいに胴体が長いケモノの剝製だったらしい。身体《からだ》をぐるぐるにくねらせてね、歯を剝《む》きだしている顔は、どことなく人間臭かったそうだ」

私はふいに先輩の友人が取り憑《つ》かれたという気味の悪いケモノの話を想《おも》い出した。

「先輩、それは例の寺の話みたいですね」

「妙な話だろ」

「その剝製の正体は分かったんですか？」

「いや、結局僕には分からなかった。でもこちらの努力には感謝してくれて、それで親しくなった。家で開かれるパーティに招かれたりしたよ。彼は今宮神社の近くにある町屋を改築して、友人と一緒に住んでいたんだ。パーティも賑やかで面白い連中が来ていた。どうせ僕は外国語はへたくそだけどね」

先輩は微笑んだ。「そこで天満屋《てんまや》に会ったわけだ」

ふいに聞き慣れない名が出てきたので、私は酔った頭をかしげた。

「天満屋って誰です。初耳ですよ」

「天満屋というのは大道藝人《げいにん》だ。僕が尊敬する人だ」

先輩は言った。「シルクロードを旅した時、連れがいたと言ったろう。その人さ」

「先輩が尊敬するとなると、大した人に決まってるな」

「そうだよ。大した人だよ。僕の兄なんだけれどね」

驚く私を見て、先輩はニコニコと笑った。

我々は木屋町のバーから出て、酔って乱れた足を踏みしめて歩いて行った。

暗い鴨川《かもがわ》に四条大橋がかかっていて、夜も更《ふ》けているというのに人通りは多かった。すでに午前零時を廻っていたので、京阪《けいはん》電車に乗って帰ることにした。

出町柳《でまちやなぎ》駅から出て、ひっそりとした深夜の町を歩きながら、先輩は

「君は明日から実家に帰るんだなあ」と、なんとなく淋《さみ》しそうに言った。

「先輩は青森に帰らないんですか？」

「どうしようかな。どうでもいいんだけどな」

「帰った方がいいですよ」

高原通の私の下宿の前まで来たところで、我々は別れた。深夜の高原通は不気味なぐらいひっそりとして、白い街灯だけが点々と浮かんでいた。先輩は「じゃあ失敬」と手を挙げて、暗い道を北へ向かって歩き出した。私はそれを見送りながら、「良いお年を」と声をかけた。

私の声に振り返ってこちらを見た先輩が小さく悲鳴を上げた。

「どうしました？」

先輩は街灯の下に佇《たたず》んで、私を睨《にら》んでいる。真上から白い光に照らされた先輩の顔は、薄気味が悪かった。先輩が何も答えないので、私は「どうしました？」と再度訊ねた。

「いや、君の顔がケモノに見えて――」

ぞくりと悪寒《おかん》が走った。「気味が悪い。そんなこと言わないでくださいよ」

「すまん」

そう言って先輩は踵《きびす》を返し、足早に歩いていった。

◯

年が明けると、後期の終わりが来て、試験期間が始まった。後期の講義は半分以上は欠席していたので、試験期間を乗り越えるためには、学部の数少ない友人に頼らねばならなかった。

冬の終わりから春先にかけては、これから新しく始まる一年を意識する。いやでも今までのことを振り返る気にもなるものだ。私は先輩のところへ入り浸って他のことをないがしろにしていたことを反省して、これからは少し距離を置くべきだと考えた。先輩の下宿を訪ねなくなって空いた時間を、私は闇雲《やみくも》に選んだ仕事で埋めた。先輩のように雄大な冒険はできないにしろ、自分で何かするのは悪くないと思ったのである。丹波橋の酒造工場でのバイトもあったし、コンサート準備をしたり、三条の旅館で泊まり込みで働いたりもした。

先輩と瑞穂さんからは幾度か電話があったが、私はなかなか誘いに応じなかった。

○

吉田神社の節分祭の夜は、東一条通が夜店で埋め尽くされ、吉田山がたくさんの人出で賑わう。ようやく私は先輩の誘いに応じ、大阪からの仕事帰りに百万遍《ひゃくまんべん》の喫茶店で落ち合う約束をした。喫茶店を訪ねると、先輩と瑞穂さんが向かい合って座り、黙ったまま窓から今出川通を眺めていた。私の姿を見ると、先輩が明るく笑った。

「久しぶりだ。君はちっとも顔を見せないからな」

「いろいろ忙《せわ》しなくて」

「彼はあなたみたいにヒマじゃないもの」

「失敬なことを言う。僕だって多忙なんだけどな」

熱い珈琲《コーヒー》を一杯飲んでから、我々は吉田神社へ出かけた。

節分の京都がもっとも寒くなる頃なので、我々が一緒に出かけた夜も雪が降っていた。初めは紙吹雪を散らしているだけのようなあっけない雪だったが、熱気に包まれた夜店の間を本殿に向かって進んでいくうちに、あたりが真っ白に煙るような本降りになった。参道の松並木が夜店の電燈に照らされて闇の底に浮かび、その明かりの中を風に吹き散らされた雪が舞っている。道行く人たちは皆、頭や肩に雪を積もらせて笑っていた。

先輩は大きなマフラーをして、子どものように呆然《ぼうぜん》とした顔つきで人混みの中を抜けていく。瑞穂さんはときおり手を挙げて、私の髪に積もった雪を払った。「風邪っぴきになるから」と彼女は言った。夜店から立ち上る湯気に誘われて、先輩はしきりに足を止めている。瑞穂さんがベビーカステラを欲しがったので、先輩は買った。

先輩がぎょっとするように足を止めた。何かと目をやると、店の売り台にかかっているおもちゃの狐面《きつねめん》をじっと見つめていた。

東一条から東へ参道を抜けて、吉田山へ入ると、人混みはますますひどくなる。境内の中へ積み上げた薪《たきぎ》に夜十一時に火を点《つ》けるということで、その見物客が本殿の前に澱《よど》んでいるのだった。

「あんまり人がたくさんいると、いやだな」

我々は本殿の前を抜けて、吉田山を裏へ抜ける道を歩いた。ふだんは人気《ひとけ》もないその道にもやはり夜店がならんで、見物客が行き交っていた。我々は紙コップに入った濁り酒を買って、少しずつ飲みながら歩いた。先輩と瑞穂さんは二人で一杯を代わる代わる飲んでいた。

「天満屋はこういうお祭りの夜にも藝をしたな」

濁り酒を飲んで行き交う人々を眺めながら、先輩は言った。

「そういえば、天満屋さんの続きを聞いてませんでしたね」

「例の古道具屋の客だった米国人と親しくなって、彼の住む町屋へ出入りするようになってから、色々な人に出会ったよ。英会話教室の生徒たちも出入りしていたし、京都に滞在している外国人も多かった。けれどもいちばん風変わりなのは天満屋という男らしい。彼は学生時代に大道藝のサークルに入っていたんだけれども、けっきょくそれを本当に飯の種にしてしまったという男で、たまにその町屋でひらかれるパーティへ顔を出すというんだ。

復活祭のお祝いに招かれた時、ようやくその天満屋に会うことができた。彼を一目見るなり、僕はびっくりした。天満屋と呼ばれている男が兄だったからだ。兄が大学に入って家を出たのは、何年も前のことだったけど、大学在学中から実家との連絡が途絶えてしまって、僕は兄の居場所を知らなかった。

最初に会った夜は、二人ともたがいを睨んで黙りこんでしまったね。喜びが湧《わ》くどころか、あまりに意外で、何を言えばいいのか分からなかったんだ。故郷から遠く離れて、外国人の暮らす京都の古い町屋の隅でね、謎《なぞ》めいた大道藝人に会ったと思ったら、我が兄なんだからな。

しばらくしてから二人とも笑い出して、そうして延々笑い転げた」

先輩は濁り酒を飲み干した。

本殿の方角がワッと賑やかになって、薪に火が入ったのだと知れたが、道にはたくさんの見物客が押しかけて、とうてい戻ることはできない。我々は吉田山を東へ下って帰ることにした。神楽岡《かぐらおか》通まで山を下りると、あれだけの賑わいが嘘のように、夜の町はひっそりと静まっている。道路脇《わき》の街灯の明かりの中を、今は少しまばらになった雪が舞っていた。

「兄はときどき僕の下宿を訪ねてきて、近況を教えてくれた。世界放浪の旅の計画もそこで聞いた。おまえも一緒に行ってみないかと誘ってくれたけれども、僕はなかなか思い切れなかった。まだ京都に来たばかりで面白いことが色々とあったし、大学もあるからね。すぐに外国へ出かけようというわけではなかったから、僕は兄の大道藝の手伝いをした。デパートの小さなステージでやることもあったし、四条大橋のたもとでやったこともある。僕が客を呼んで、兄が浮遊術を見せるんだ」

「飛ぶんですか？　凄いな」

「ほかにも色々な藝をやったよ。果心居士《かしんこじ》って知ってるかい？」

「戦国時代の幻術師でしょう」

「兄がやっていたのは手品だけど、いちおう幻術という看板を掲げていたね」

「何か藝を盗みました？」

「それは無理だ。僕はだいたい不器用だし」

先輩はそう言って苦笑した。

「兄と一緒に、銀閣寺のそばにある大きな屋敷に出かけた時は面白かった。琵琶湖疏水《そすい》のそばに明治時代からある古い屋敷で、大宴会があったんだ。まるで小さな祭をやっているみたいに賑やかで、風変わりな連中が集まっていた。屋敷の主人が変わり者で、龍《りゅう》にひどく凝っていた。庭にある電燈にまで、登り龍が彫ってある。主人の趣味に合わせて、兄は鯉《こい》が龍に変じる幻術を見せて喝采《かっさい》されたよ。その主人の援助もあって、兄は旅に出ることになった。僕もそれにくっついてシルクロードを歩いたわけさ」

自動販売機の前で足を止めて、瑞穂さんは熱い缶珈琲を買った。それを胸で抱くようにして、暖を取っている。私も彼女にならって缶珈琲を買った。降る雪が彼女の髪に積もっていたので、私がそれを払うと、彼女は「ありがとう」と白い息を吐いた。先輩は自動販売機から少し離れた暗がりに立って、ポケットに手を入れ、マフラーに顎《あご》をうずめていた。

瑞穂さんが缶を白い頰に当てて呟《つぶや》いた。

「私はそんな話、つまらないわ」

「つまらない？」と闇の中で先輩が呟いた。

「つまらない」

瑞穂さんはそう言って、先に立って歩きだした。

○

慣れないことに慌《あわ》ただしく取りかかって、後先考えずに走り廻ったあげく、春休みも終わりにさしかかった頃に私は熱を出して倒れた。

大阪城ホールで仕事を終えて帰りの電車に揺られている頃から気分が悪く、下宿に帰りつくなり倒れ伏した。しばらく微熱が続き、寝たり起きたりを繰り返しているうちに高熱が出た。意識が朦朧《もうろう》として、どれぐらいの時間がたったものか分からない。ある時、下宿のドアが開いた。私は布団《ふとん》の中に身を横たえたまま、身動きもとれない。誰かが枕元《まくらもと》にやって来て、しゃがんでこちらの顔を覗《のぞ》きこんだらしい。

「こりゃ、まずいな」という声を聞いた。

後になって先輩から聞いた話だが、私が寝込んでいる間、先輩は幾度か私に電話をかけたという。ようやく電話口に出た私は、熱に浮かされてうわごとを言い、様子がおかしいと勘づいた先輩は私のアパートを訪ねた。管理人に事情を説明して私の部屋の鍵《かぎ》を開けてもらい、布団に倒れている私をタクシーに乗せて近所の内科医院まで連れていった。費用は先輩が立て替えた。私は待合室で順番を待つのも耐え難く、とても費用のことにまで気が廻らなかった。

インフルエンザの特効薬をもらい、下宿の布団に寝かされた私に、先輩はコンビニで買ってきたヨーグルトをくれた。「冷蔵庫の中に飲み物も入れてある。汗かいたら服を着替えないといけないよ」と、私の顔を覗きこんで先輩は言った。私は布団の中で身を縮めていた。「僕はつまらん男です」と呟いた。何の脈絡もない。ただ熱で弱気になって、そんなことが言ってみたかったのであろう。

「そうか」

先輩は静かに頷《うなず》いた。

「でも、僕だってつまらん男だぜ」

特効薬と先輩のおかげで、私は炎熱地獄から這《は》い上がることができた。先輩から連絡が行ったらしく、翌日には瑞穂さんも見舞いにやって来た。「今日は私が代理です」と彼女は言い、卵と葱《ねぎ》の入ったおじやを作った。

二人でおじやを食べながら、ぽつぽつと話をした。先輩に言えなかったことが言えるような気がしたのは、私が彼女に甘えていたからだ。

私はこれまで言いにくかったことを語りだした。先輩の下宿をあまり訪ねなくなったのは、自分自身の焦燥のためである。先輩が語るのを聞くのは面白くても、それに引き比べて自分を見たとき、自分がいかにつまらない人間であるかということが痛感される。それが我慢ならなくなったのだと私は言った。

私が語るにつれて、瑞穂さんの顔が曇ってきた。クリスマスイブや、節分祭の夜に、彼女がその表情を見せたことを私は覚えていた。彼女は先輩のことを考えているのだと私は悟った。

彼女は黙って手元を見つめていた。

やがて、「あの人はつまらない人よ」と彼女は言った。言葉は冷たかったが、口調には苛立《いらだ》ちや怒りのようなものは何もない。

「先輩はつまらない人ではないですよ」

私は言った。「僕こそつまらん男ですよ」

「みんな、なぜそんなことにこだわるの。その方がよっぽどつまらない」

瑞穂さんは立ち上がって、鍋《なべ》を水で洗いだした。

○

京都を椀《わん》のように覆《おお》う青い空の下で、いっせいに桜が咲いた。

京都にやってきてから、一年が過ぎていた。琵琶湖疏水沿いに続く桜並木の下を自転車で抜けていくと、晴れ晴れとした気持ちがした。

私は銀閣寺近くにある本屋で週に三日ほど働くようになり、大学にも顔を出すようになっていた。とくに何があったというわけでもない。ただ自然とそういう風になった。四月八日に入学式が行われて、一年前の私と同じような新入生たちで大学構内は溢《あふ》れた。

私はふたたび先輩の図書室を訪ねるようになっていた。しばらく顔を出していなかったが、先輩もその図書室も、もとのままであった。同じように本を読み、先輩の言葉に耳を傾け、銭湯へも出かけた。先輩の下駄の音を聞くのも久しぶりであった。ただ一つ以前と異なるのは、瑞穂さんがあまり姿を現さなくなったことである。インフルエンザの見舞いに訪ねてきた時の彼女の顔を、しばしば私は思い起こした。そうすると、「あの人はつまらない人よ」と言う彼女の声を耳元で繰り返し聞くような気がした。

瑞穂さんの誕生日には、再度の勧誘を受けた。

「勘弁してくださいよ」

私は言った。「喧嘩《けんか》に巻きこまれるのは、もう御免ですよ」

「いや、今度は三人で外へ夕食を食べに出かけるだけだ。クリスマスのようなことはないよ。彼女にも言ってある。彼女は君が好きなんだよ」

当日の夜、私は先輩の下宿を訪れた。先輩は相変わらず本をめくりながら書き物をしている。私は本棚から本を取り出して読み始めた。淡々と時間が過ぎたが、瑞穂さんはいっこうに姿を見せない。先輩もときおり時計を見上げて、眉《まゆ》をひそめた。九時を廻ると、先輩は「今日はだめかな」と呟いた。そして書き物の手を休め、私と向き合って苦笑した。「忙しいらしくてさ」

先輩は、本の裏に隠してあるウイスキーを取り出した。私もさほど空腹というわけではなかったが、まだ瑞穂さんが来るという望みを捨てきれず、量をひかえて舐《な》めることにした。先輩は愛用のパイプにお気に入りの煙草《たばこ》をつめて火をつけた。先輩は口の先で煙をもてあそぶようにしていた。ふかすたびに焦《こ》げ茶色《ちゃいろ》の煙草から濃い煙が立ち昇り、甘い香りが部屋中に広がった。

「僕の祖父《じい》さんの話をしよう」

先輩は呟いてパイプをくわえ、指を撫《な》でた。

その夜、先輩が語ったのは、祖父にまつわる物語であった。それは先輩の父親が書物を憎むようになった由縁でもある。

先輩の実家は、明治維新後に成り上がった大地主であったという。大勢の小作人を抱え、金貸業を営む新興地主である。大正時代には地元で権勢を誇る家になっていた。しかし成り上がった先代の威光がどこまでも通用するというわけにはいかず、やがて少しずつ土台が揺らぎだしたところへ、太平洋戦争後の農地改革で大きな打撃を受けた。先輩の祖父は、そういった波乱をくぐり抜けて家を支えようとした最後の柱だった。

昭和五十年頃、祖父は還暦を迎えるにあたり、自伝を書くことを思い立った。当初は、幼少期から現在にいたる想《おも》い出《で》を取捨選択し、口述させるつもりであったらしいが、やがて構想がひとまわり大きくなり、明治時代の栄華を書き残したいと言いだした。その準備に取り組むうちに祖父の構想は明治からさらに遡《さかのぼ》ることになった。家人がおかしいと勘づいた時には、すでに自伝の構想は常軌を逸して、祖父の頭を濃い妄想《もうそう》の霧が覆っていた。祖父は明治以前の一族の来歴を克明に偽造することに夢中になったのである。

祖父の座敷には、買い集めた書物が積み上げられていた。明治時代からの一族の記録もあり、来歴もさだかでない怪文書があり、地方の伝説を集めた安っぽい物語本もあり、古事記や日本書紀、太平記などもある。その中に座り、祖父は一心に筆を走らせた。「自伝」は、神代から綿々と連なる家系の物語へと変貌《へんぼう》した。祖父が妄想する一族の歴史は、そういった書物から何の脈絡もなく抜き出した断片たちの乱暴なつぎはぎであった。

祖父によると、先輩の一族は古事記の冒頭に登場する呪《のろ》われた子の末裔《まつえい》である。伊邪那岐命《いざなぎのみこと》と伊邪那美命《いざなみのみこと》が大八島《おおやしま》を生む前に、彼らは蛭《ひる》子《こ》と呼ばれる謎めいた子を生む。その奇妙な子は葦船《あしぶね》に入れて流されたと、古事記にある。祖父の物語ではその呪われた子が、やがて大八島の北に流れ着き、生き延びることになっていた。西では神々の争いが繰り広げられているのを尻目《しりめ》に、蛭子は産み増え、やがて王朝を築く。その王朝は蝦夷《えぞ》の頂点に立ち、北の果てを支配する。金山で取れた大量の金を大仏建立《こんりゅう》のために朝廷へ贈ったとか、源義経《よしつね》を北へ逃すことにも手を貸したとか、得体の知れない伝説がおびただしく現れる。王朝による支配は戦国末期に伊達政宗《だてまさむね》によって解体されるまで続く。王朝崩壊以後、江戸時代に入ってもその血統は脈々と受け継がれ、明治維新後に最後の栄華の時代を迎えることになる——。

それは、妄想によって作られた架空の一族の年代記だった。祖父の頭の中では、史実と伝説との境はなかった。祖父は妄想によって、無数の物語や偽史の断片を手当たり次第につなぎ合わせ、長大な物語を織り上げたのである。祖父は次々と新しい物語を発見しては、架空の年代記の空白にはめこむ作業を続けた。

祖父の自伝執筆は、先輩が二歳の時に、いったん打ち切られた。業《ごう》を煮やした父親が祖父を閉じ込め、蔵いっぱいの書物を残らず処分した。蔵に詰まった書物と、そこから匂《にお》い立つ祖父の巨大な妄想が、父親が書物を嫌悪《けんお》するきっかけとなった。

その最晩年、幼い先輩は奥座敷に閉じこめられている祖父のもとへ出入りしては、祖父の言葉に耳を傾けていた。指先を撫でながら滔々《とうとう》と語るしゃがれた祖父の声を、先輩は今でも覚えている。祖父は自分が作り上げた自伝をそっくり頭に収めていて、奥座敷に軟禁されて紙も鉛筆も無いまま、逸話を除いたり加えたりして推敲《すいこう》作業を続けていた。やがては先輩もその年代記が祖父の妄想に過ぎないことを知ることになったが、その荒唐無稽《こうとうむけい》な物語に魅了された。目のくらむような巨大な歴史が、血族の末端である自分に接続するように創られていることが、先輩を感心させたのだ。

先輩が中学一年生だった秋、祖父は奥座敷で死んだ。

「白髪が伸び放題になって、骸骨《がいこつ》のように痩《や》せて、祖父はまるで奥座敷に住む鬼のように見えたよ。あんまり恐ろしげなので、僕以外の孫は誰も会いたがらなかった。祖父は現実を生きてはいなかった。自分で作り上げた世界の中で生きていたんだ」

時計を見ると、すでに十二時を廻っている。私はようやく現実世界に戻ってきたように思えた。

その夜、瑞穂さんは姿を見せなかった。

私は深夜一時に先輩の図書室を後にした。ドアを閉めるとき、本の山の中で、書き物に向かう先輩の背中が見えた。先輩は一心にノートに向かっていた。

○

瑞穂さんとは、岡崎の京都市美術館で会った。

蹴上《けあげ》のインクラインの両脇《りょうわき》にならぶ桜が、花弁を散らしていた。

瑞穂さんから前日電話があって、誕生日の食事の約束をすっぽかした埋め合わせもしたいから、一緒に出かけないかと言われた。先輩をまじえずに二人だけで会いたいと彼女に言われた時、怪訝《けげん》に思った。彼女が二人だけで会いたいと言うことなど、それまでに一度もなかったからである。

その日は講義をさぼって岡崎へ出かけた。美術館をとりまく木立の陰にベンチがいくつかならんでおり、瑞穂さんはそのうちの一つにぼんやりと腰掛けていた。乾いた春風が彼女の前髪を揺らしていた。私が隣に立つまで、彼女は気づかなかった。

二人で美術館の展示を見て廻った。

平日であるということもあって、ほとんど人気《ひとけ》がない。窓から射《さ》しこむ春の陽が、がらんとした展示室を明るく照らした。絵を見て廻りながら、瑞穂さんの様子をうかがって、彼女がここしばらくのうちに痩せたことに気づいた。もともと華奢《きゃしゃ》な人ではあったから、身体《からだ》の線からは分かりにくい。しかし頬の肉が落ちていた。眼もどことなく上の空である。私が次の絵へと足を運ばなければ、彼女は同じ絵の前に飽きもせず立ち続けた。絵を凝視してはいるが、何も見えていないのではないかと思われた。

美術館を出て、敷地内にある小さな喫茶店に入った。彼女は昼食を奢《おご》ってくれた。我々は窓際《まどぎわ》の席に座っていた。日光が広い窓硝子《まどガラス》から店内に射しこみ、彼女の顔を包んでいた。

「ほかの研究室へ移ることになったの。四月中に引っ越すわ」

彼女はスプーンを動かしながら言った。「東京に行く」

「急な話ですね」

「もうすぐお別れよ」

「また京都へ来てくださいよ」

「もう来ないかもしれない。実家、横浜だもの」

「冷たいな。先輩とは遠距離ですか」

「その心配はないの」

彼女は微笑《ほほえ》んだ。「彼ともお別れなの」

それから彼女は自分の研究のことを喋《しゃべ》った。研究のことを語るとき、彼女はふだんよりもいっそう大人びて見えた。

食事を終えてから、我々は散歩に出た。市立美術館から琵琶湖疏水《そすい》に沿って歩いて、南禅寺の方角へ向かった。船溜《だ》まりの中央にある噴水が水を吹いて、春の陽を弾《はじ》いて眩《まぶ》しく光っている。小さな通路を下りてインクラインへ入ると、桜のトンネルが続いていた。花見客がぞろぞろと錆《さ》びた線路のわきを歩いて、降りしきる花弁を見上げていた。桜の木の下で、彼女は薄い桃色に染まった。

「彼と一緒にここへ散歩に来たことがあったな」

「花見ですか」

「部屋に籠《こ》もってるのを、無理矢理私が引っ張りだしてね。ここをぐるっと廻って、南禅寺の水路閣へ抜けたの。知ってる？　蹴上の発電所から水路を伝って、南禅寺へ出られるのよ」

「通ったことあります」

「その時、南禅寺のそばの喫茶店に入ったんだけど、座席にノートがあるのを彼が見つけてね。シルクロードの旅日記。あなたも彼に見せられたでしょう？　持ち主の名前と連絡先も書いてあって、私は届けた方がいいと言ったんだけど、彼は部屋に籠もって、なんだか夢中になって読んでいたわ。自分で余白に何かを書き込んだりして」

彼女は微笑んだ。「彼があんな風になったのは、それからよ」

先輩の生地が本当は広島県であることを、彼女は教えてくれた。福山という街である。実家は両親ともに学校の先生で、妹が一人いる。先輩は高校を卒業するまで街から離れたことがなかったが、大学受験の機会をとらえて京都へやってきた。それ以来、たまにしか実家には帰っていない。大学では法学部に属している。先輩はシルクロードを旅したこともなく、古本屋でも古道具屋でも働いたことはない。骨董《こっとう》をある米国人も、読書家の菓子屋も、自伝に取り憑《つ》かれた祖父も、大道藝人の兄も、狐面《きつねめん》の怪人も存在しない。

風が吹いて桜が舞った。

瑞穂さんは髪についた桜の花弁をつまみ、風に流した。

「ごめんなさい」

「なんで謝るんです。瑞穂さんが嘘《うそ》をついてたわけじゃないでしょう」

「そうじゃなくて、彼の嘘をばらしたことを謝ってるの」

「僕はそんなこと気にしないな」

私は少し考えてから付け加えた。

「本当でも嘘でも、かまわない。そんなことはどうでもいいことです」

○

その夜、私は日本酒と油揚げをぶら下げて先輩の下宿を訪れた。先輩は相変わらず図書室の真ん中に座って本を読んでいた。

我々は油揚げを電熱器であぶって醬油《しょうゆ》をたらして食べ、酒を飲んだ。先輩は私の様子がおかしいことに気づいているらしかったが、何も言わなかった。私は先輩が積み上げてきた嘘を指摘するつもりはなかったし、今までの通りでいいと思っていた。しかし言葉は少なくなって、やたらと杯だけを重ねた。そうして、ひどく酔ってしまった。

見慣れた本棚や背を丸めて前に座る先輩が微《かす》かに震え始めて、眼が廻る。先輩の方も口数が少なく、私と同じく飲み過ぎたらしい、二人で床に積まれた本の隙間《すきま》へ身を横たえて呻《うめ》いた。

「先輩、なにか話してくださいよ」

「今日は気乗りがしないなあ」

「そんなこと言わずに」

私が言い募ると、先輩は天井に向かってしばらく黙っていたが、「そういえばね、結城さんがもうすぐ東京に行くらしいよ」と言った。

「彼女ともお別れだな」

返事をしないでいると、先輩はやがて寝息を立て始めた。

私は身体を起こし、眠った先輩を見下ろした。両手で身体を抱えるようにして、本の山の間に身を縮めている先輩は、弱々しく見えた。

私はふらふらする頭を抱えて、本の山を崩さないように気をつけて廊下に出た。春になったとは言え、まだ夜気は冷たかった。

隣のドアを開け、流し台で蛇口から水を飲んだ。

先輩の眠る図書室へ戻ろうとしたとき、畳まれた布団《ふとん》のとなりに置いてある古い鞄《かばん》が眼に入った。先輩の想い出の品の数々が入っている鞄である。兄からの手紙、バザールで買った煙管《きせる》、父親が振り廻した脇差しも入っている。先輩はそう言っていた。

私は畳に腰を下ろし、焦点のさだまらない眼でその鞄を見つめた。

そして手をかけ、鞄を開いた。

○

図書室へ戻ると先輩の姿がなかった。あれほど酔っているのにどこへ行ったのだろうと思って、私は下宿の外へ出てみた。叡山《えいざん》電車が光り輝きながら北へ走っていった後は、あたりはひっそりと静まりかえっている。

街灯の光の下に先輩の姿を探しながら歩いていくと、やがて琵琶湖疏水へ出た。疏水を渡るコンクリート造りの小さな橋の向こうに自動販売機がある。その明かりに浮かび上がる満開の桜は、夜気の中で白く凍りついたように見えた。

先輩は桜の下に座り込んでいた。

私が橋を渡ってそばへ寄っていくと、先輩はふと顔を上げて逃げようとした。私から逃げようとしているのではない。先輩の視線は私の背後に注がれている。振り返ってみたが、街灯に照らされた橋があり、その向こうには夜道が延びているだけだった。

「そこに、ケモノがいるだろ」

先輩は言った。「ほら」

「先輩」

私は先輩の肩を摑《つか》んで揺さぶった。「それは先輩の作ったことなんですよ」

「違う。いるんだ、そこに」

「それは全部、先輩の嘘ですよ」

私は言った。「そんなことは何もなかったんだ」

私が先輩の肩を摑んで見つめていると、先輩の緊張はやがて解け、ぽかんとした顔になった。先輩は力なく肩を落とした。私は肩から手をはなし、そばの自動販売機で缶珈琲《コーヒー》を二つ買った。二人で桜の木の下に座り込み、珈琲を飲んだ。

叡山電車が音を立てて、南へ走っていった。

「なぜこんなことになったんです？」

私は言った。

先輩はしばらく黙っていたが、やがて「なぜだろうな」と呟《つぶや》いた。

「やっぱり、あのシルクロードの日記だろうな」

「あれには騙《だま》されましたね」

「南禅寺のそばで、あの日記を拾ってね。何遍も読んだ。ちょうど大学へ行かなくなって下宿へ閉じ籠もっていた頃だから、時間は腐るほどあったし……ああいった冒険は絶対に僕にはできないことだから、憧《あこが》れがあった。見も知らぬ他人の冒険だけどさ」

「先輩は本当にシルクロードに行ったんだと思ってましたよ」

「僕にそんな度胸はない」

先輩は苦笑して、珈琲をすすった。

「その日記を読んでしばらくしてから、たまたま街へ出た時に、例の研究会の知り合いと会った。研究会には半年もいなかったんだから忘れてるだろうと思ったのに、相手が覚えてたんだ。人なつっこいというか、お節介な奴《やっ》だった。『研究会に来ないで、何してたんだ』と聞かれた。僕は下宿に籠もってたんだから、何もしていない。でも、そう言えなかった。とっさに『旅に出てた』と言ってしまった」

「何もしないで下宿に籠もるような大学生、たくさんいますよ」

「だろうね。でも、僕は言えなかったんだ。恥ずかしいというか、悔しいというか。本当のことを喋ったところで益はないし、また逆戻りだと思ったんだろうな」

「それにしても、大嘘をつきましたね」

「昔の僕だったら考えられない。昔の僕は正直者だったからね」

先輩は深い溜息《ためいき》をついた。

「昔はね、僕はうまく喋ることができなかった。人と喋ろうとしてもすぐ言葉に詰まる。それがなぜなのか、よく分からなかった。ただ自分の言葉が、嘘くさいんだ。嘘くさくて白々しくて、耐え難いんだ。大学に入ってからもひどくなる一方で、喋ることができない。それで人に会うのが嫌になって、下宿に籠もるようになったんだ。結城さんがいてくれたから、何とか生き延びたようなもんだよ。一回生の頃に彼女と知り合っていなかったら、僕は潰《つぶ》れていたろう」

私はふと口にした。「先輩、今喋っていることは本当ですか？」

「さあね。どう思う？　嘘かもしれない」

先輩はそう言って、微笑んだ。「分かるだろう？　昔はこう言えるだけの余裕がなかった。だから僕は正直者だったと言うんだ」

「よく分かります」

「街で研究会の知人に呼び止められて、とっさに大嘘をついたとき、何か悟るものがあったんだ。ふいに楽になった。僕がシルクロードの旅を語って聞かせると、相手は面白がったよ。研究会にもまた顔を出せと言われた。出かけて行った研究会で嘘を語れば、皆もまた面白がった。なぜ旅に出たのかと問われて、僕はまた嘘をついた。奇妙な連中や、謎《なぞ》めいた冒険や、架空の実家の話を作っていった。それが嘘でさえあれば、僕は調子良く喋ることができたし、自分の言葉が嘘くさいという意識を忘れることができた。それで度胸がついたんだ。言い換えれば、取り憑かれてしまった」

先輩は缶を地面に置いて、一本一本指を撫《な》でた。

「僕はよく書き物をしてたろう? あれは、嘘の下書きだ。徹頭徹尾、嘘の自伝だ。僕はうまく喋るために、前もって念入りに準備してたんだよ」

「よくできてました」

「でもね、僕がどれだけ面白い嘘を拵《こしら》えても、聞き手が良くなくちゃだめだからさ」

「僕は良い聞き手ですか？」

「理想的だった。でも、もうだめだね」

「そんなことないでしょう」

「君にもバレちゃったからな。潮時ということだ。僕が研究会にいられなくなったのも、そうだよ。君は知らなかったろうけれど、僕の揚げ足を取ろうとする男がいてね」

先輩は花弁を散らす夜桜を見上げた。

「でもねえ、今でも思うんだけど、嘘だからなんだというんだろうな。僕はつまらない、空っぽの男だ。語られた話以外、いったい、僕そのものに何の価値があるんだろう」

「じゃあ嘘をつけばいいじゃないですか」

「続きを聞く気があるかい？」

「もちろん」

そうして先輩は最後の話をした。

○

僕が芳蓮堂で働くのもその日が最後だった。

結局僕は大学を休学して、兄と一緒に旅へ出る腹を決めたんだ。兄は手始めにシルクロードを辿《たど》るつもりでいた。長い旅になるだろうから、古道具屋の仕事は続けられない。芳蓮堂主人はとても残念がってくれて、帰ってきたらまた訪ねて来いと言った。

その最後の日に、例の物好きなアメリカ人が訪ねて来た。そこで、芳蓮堂主人が「からくり幻燈が見つかった」という話をした。芳蓮堂のお客でからくり幻燈を持っている人がいたというんだ。譲ってもらえるかどうかは交渉次第だけれども、見せてもらえるよう頼んでおいたという。この機会を逃せばもう機会はないから、僕もぜひ見たいと無理を言った。主人が電話をかけてくれた。それでその日の夕暮れには閉店の札を硝子戸《ガラスど》に下げて、三人で相手方へ出向いた。

相手の住まいは鷺森《さぎのもり》神社のそばにある古い屋敷で、急な坂の上にあった。

主人に連れられてその坂道を上りながら、僕は妙な気がした。なんだか来たことがあるような気がするんだ。屋敷の裏でざわめく竹林の音を聞いた時、そこは僕が例の読書家の菓子屋に頼まれて何かを運び込んだ屋敷だと気づいた。あの夜は暗くて何も分からなかったけれども、坂道の傾斜と屋敷裏にある竹林の葉音で、たしかに同じ場所だと知れた。

庭に廻って、芳蓮堂主人が声をかけると、細い人影が縁側に立った。白い洋服を着て、狐面をつけていた。僕が驚いて後ずさると、彼女はその面を外して微笑《ほほえ》んで見せた。僕があの夜、狐面の男だと思っていたのは、女だったのだと分かった。

彼女は芳蓮堂主人の古い知人のようで、交わす言葉は少ないけれども、親しげな様子が見て取れた。狐面をかぶって僕らを驚かせたのも、主人と遠慮のない間柄だからだろう。彼女は若い女性で、名前をナツメさんといった。その大きな屋敷に一人で暮らしているように見えたので、僕は不思議に思った。

やけに細長い座敷に案内された。庭に面している障子をのぞいた三方を襖《ふすま》に囲まれていて、襖にはそれぞれ妙な絵が描いてあった。一枚は雲の間から龍《りゅう》がのぞいている絵。もう一枚は胴の長いケモノが走る影。そして最後の一枚には稲荷《いなり》社の鳥居が描かれていた。僕らは座敷に置かれたソファに座って、茶を飲みながら待った。

庭に夕闇《ゆうやみ》が垂れ込めて、静かだった。

やがてナツメさんが戻ってきて、となりの座敷へ案内された。

そこはがらんとしていて何もない座敷だった。四方を襖に閉ざされて真っ暗だ。

ナツメさんは手に持った燭台《しょくだい》で座敷の四隅を照らして見せた。紙で作られた映写機みたいな、今までに見たことのない道具が四つ置かれている。ナツメさんは我々を座らせて、それらの道具に一つずつ明かりを入れた。彼女が明かりを入れるたびに、座敷に満ちるぼんやりとした光が一段また一段と増していく。座敷の中央に現れた曖昧《あいまい》な映像がだんだんと形を整えていく。

明かりを入れ終わって、ナツメさんは我々のかたわらへ来て正座した。アメリカ人が感心して唸《うな》り声を上げた。芳蓮堂主人は何も言わない。僕はそれこそ、固唾《かたず》を飲んでいた。

座敷の中央に、身をくねらせた細長いケモノの姿が現れた。それは狐の胴体をさらに長くしたような奇妙な生き物だった。毛に覆《おお》われた頭は丸くて狐らしくない。剝《む》き出している歯やこちらを睨《にら》む眼は、どこか人間のもののように見える。蠟燭《ろうそく》の火に従ってケモノの映像は微《かす》かに揺れ、それがまるで今にも動きだしそうな気配を感じさせる。

「この動物は、何ですかね？」

芳蓮堂主人が尋ねた。

「なぜこのようなものを幻燈にしたのか存じませんが、父は『雷獣《らいじゅう》』だと申しておりました。父が昔、さる実業家の方からお譲り頂いたものだそうです」

僕らが感心して眺めていると、ナツメさんは悪戯《いたずら》っぽく笑った。

「もっと面白いものをお見せ致しましょう」

彼女は立ち上がって、幻燈のところへ行き、いったん明かりを吹き消した。それから何か細工をして、もう一度明かりを灯《とも》した。水面のように揺れる青い光が座敷に広がって、僕は思わず膝《ひざ》を立てた。幻燈のしかけで、まるで水が座敷を浸したように見えた。

ナツメさんはその青白い水明かりの中を座敷の奥へ歩いていって、となりへ通じる襖を開いた。

幻でない水の匂《にお》いが鼻先をかすめた。

奥の座敷は暗いけれども彼女は明かりをつけない。闇の中を滑るようにしてさらに奥へ行くらしい。闇の中に天鵞絨《ビロード》のカーテンが下がっている。彼女がソッと手を掛けてカーテンを開くと、闇の奥が青白く光った。

彼女が振り向いて招くので、僕らは青い幻燈の光を抜けて、となりの座敷へ行った。

カーテンの向こうには巨大な水槽があって、鱗《うろこ》を青く光らせる大蛇のようなものがとぐろを巻いているのが見えた。鰐《わに》を思わせる顔が、鱗に覆われた胴体の上に乗っている。水槽のそばへ寄ると、その怪物は怪しく光る眼を動かして、僕を睨んだ。水の中で大きな顎《あご》を動かしているように見えたけれど、もはや力がないらしく、身体を動かすことはなかった。

誰も言葉を発しなかった。

その生き物が捕らえられたのは琵琶湖疏水《そすい》が掘削された明治時代のことだという。以来百年、さまざまな経緯を経て自分の元へやってきたのだと、ナツメさんは語った。

「いずれ元いたところへ帰してやるつもりです」

それから彼女は座敷の隅に置かれた簞笥《たんす》から、漆塗りの小さな箱を取り出してきた。細い指先につまんで取り出したのは、果実の中でとぐろを巻く龍の根付だ。

彼女は、その美しい根付を僕の掌《てのひら》に置いた。

「あなたに差し上げます」

「なぜ」

僕が驚くと、彼女は「お礼です」と微笑んだ。

「あなたがいらっしゃった夜のことを覚えていますよ」

小さく囁《ささや》いた。「この子を運んで下さったでしょう」

○

私の下宿に贈り物が届いたのは数日後のことである。

夕方に大学から下宿へ帰ってくると、先輩の名を記したカードを添えた紙袋が、郵便受けに入っていた。中には先輩の自伝が書かれた黒革のノートと、龍の根付があった。手紙はなかった。

すぐに私は先輩の下宿へ出かけてみたが、部屋はもぬけの殻で、彼が暮らした痕跡《こんせき》はきれいに拭《ぬぐ》い去られていた。予期していたことなので、驚きはしなかった。

私は先輩の下宿から出て、琵琶湖疏水の方へ足を向けた。

空にはまばらに雲が浮かんで、夕陽で桃色に染まっている。あの夜に先輩を追った道を辿って、やがて疏水にかかる小橋へ出た。橋の向こうにある自動販売機が、垂れ込め始めた夕闇の中で明るく光り、かたわらに立つ桜を照らしている。あの夜には白く凍りついたように見えた桜は、わずか数日のうちにすっかり花弁を散らしてしまって、ちらほらと緑の葉が見えだしていた。

私は自動販売機で缶珈琲を買うと、路面に散り敷かれた花弁を眺めながら、煙草《たばこ》を吸った。

別れ際《ぎわ》に先輩が言った言葉を思い起こした。

「僕はときどき分からなくなる。僕自身のわずかな経験が、自分の作った嘘《うそ》に飲み込まれてしまうんだ。僕は古本屋でも古道具屋でも働いたことなどないし、シルクロードどころか琵琶湖へ行ったことさえない。骨董《こっとう》をあさる米国人も、読書家の菓子屋も、自伝に取り憑《つ》かれた祖父も、大道藝をやる兄も、狐面《きつねめん》の怪人も存在しない。それなのに、僕はふと彼らのことを、本当の記憶のように、ありありと想《おも》い出している。街中を歩けば彼らに出会うような気がする」

先輩は自分の手で何もかもを作り出せると信じたに違いない。そして下宿へ立て籠《こ》もり、輝く京都の街の灯と、その明かりの届かない暗がりに想いを馳《は》せ、見え隠れする神秘の糸を辿った。自分の作りだしたものたちに幻惑され、謎めいた世界を垣間見《かいまみ》た。そうやって先輩の辿った道もまた、この街の中枢《ちゅうすう》にある暗くて神秘的な地点へと通じる道なのだと私は思う。

先輩は自分が空っぽのつまらない人間だと語った。

しかし先輩が姿を消してこの方、私は彼ほど語るにあたいする人間に一人も出会わない。

○

五月の初旬、瑞穂さんが東京へ行くので、京都駅まで見送りに出かけた。わざわざ出かけたのは、先輩から預かった龍の根付を手渡そうと考えたからである。彼女はすでに東京と京都を行き来して引っ越しや手続きも済ませ、その日、アパートを完全に引き払う予定であった。

空は五月らしく晴れ渡り、澄んでひんやりとした空気が街を覆っていた。街中に盛り上がる新緑が、前日の雨を吸い込んで、いっそう艶々《つやつや》と輝いていた。

京都駅の喫茶店で瑞穂さんに会った。

私は先輩が姿を消したことを語り、根付をテーブルへ置いた。

しかし瑞穂さんは首を振った。「あなたにあげる」

「瑞穂さんが持って行けばいいじゃないですか。先輩があなたにプレゼントしたものなんだし」

「だって、それはもともと、私が彼にあげたんだもの」

瑞穂さんは一回生の頃、週末になると、一乗寺にある芳蓮堂という古道具屋で店番をしていた。店の主人は外へ出ていたり、奥へ引っ込んでいることが多かったので、彼女は崩れ落ちそうな古道具たちの隙《すき》間《ま》に一人座って、ぼんやりと時間を潰《つぶ》した。

彼女も初めのうちは古道具屋という商売が物珍しくて、店内にひしめき合う曰《いわ》くありげな品々を見て回った。古びた和箪笥、木彫りの布《ほ》袋《てい》、銅製の巨大な蛙《かえる》、漆塗りの小箱、狐の面、奇怪な動物の剝製《はくせい》、幻燈など、種々雑多な品物が雑然とならんでいた。しかし店番をするたびに眺めているお馴染《なじ》みの品々ばかりなので、次第に飽きてきた。彼女は文庫本を読みながら、表の硝子戸が音を立てて開くのを待った。客はちらほらと訪れるけれども、繁盛しているとは言い難かった。

やがて、頻繁に顔を出す学生がいることに気づいた。彼は週末ごとに姿を見せて、店内の品々を黙って見て回る。何かを買おうという気配は見せない。ただ一人で難しい顔をして、古道具を一つ一つ見つめている。あまりにも熱心に見ているので、彼女はその学生の顔を覚えた。

　ある日のことである。

　彼がいつものように黙って入ってきて、小さな硝子ケースの中にならんでいる根付や印籠《いんろう》のたぐいを熱心に見ていた。彼女はちょうど本も読み飽きて退屈していたので、傍らへ行って、「いかがですか？」と声をかけた。彼は驚いたように顔を上げて、「いや」と小さく言った。彼女は硝子ケースを覗《のぞ》き込んだ。

　彼はしばらく黙って立っていたが、やがてケースの中にある根付の一つを指した。小さな龍が果実の中でとぐろを巻いていた。

「この龍がもぐり込んでるのは、柿ですか？」と彼は言った。

　瑞穂さんは少し考えてから、「柿ですね」と答えた。

「柿ですよね」

「ええ。柿だと思います」

「柿だとしたら、ずいぶん小さな龍ですね」

「ええ。とても小さい」

そう言って彼女が笑うと、彼は不思議そうな顔をした。

それをきっかけにして彼らは言葉を交わすようになった。

店の主人が不在で、客が来ない時には、長い間二人で話し込むこともあった。彼が持ってきた酒粕《さけかす》をストーブで焼いて食べたこともある。

彼は口数は少なかったが、言葉を選んで喋《しゃべ》っているということが彼女には分かった。軒先から雨水がぽたりぽたりと石の上へ落ち、やがてそれが一つのやわらかいくぼみを作る様を彼女は想像した。正直な人だと彼女は思った。

やがて瑞穂さんが芳蓮堂をやめると言った時、彼は「残念ですね」と言った。それ以上は何も言わなかった。最終日、彼女が仕事を終えて帰ろうとすると、店の主人が「欲しいものがあれば、何か一つ、格安で譲ってあげます」と言った。彼女は少し思案してから、彼が「手が出ない」と言っていた龍の根付を希望した。

瑞穂さんはそれを彼に贈った。

「そういえば先輩も瑞穂さんも、自分たちの出会いのことは話してくれなかったな」

「わざわざ喋るのは照れるもの」

「そういうもんですか」

瑞穂さんは龍の根付を手に取り、しげしげと眺めた。

「彼は本当に忘れてたと思う？　私がこれを贈ったことを」

「あり得ることです」

「ひどいこと、あっさり言うね」

「僕は嘘をつけない男です」

「嘘つき」

やがて時間が来たので、ホームへ出た。

新幹線が滑り込んで来て、彼女はショルダーバッグを持ち上げた。

乗り込む直前、今までせいせいとした顔をしていた彼女が、ふいに淋《さみ》しげに見えた。しかしそれは私の気のせいであったかもしれない。彼女はよけいなことは何も言わなかった。

彼女は私の手を取って、龍の根付を握らせた。私が返そうとするのを押しとどめた。

「それじゃあね」

「それじゃ」

私は根付を握って手を上げた。

彼女の乗った新幹線が京都駅を離れた後、私はしばらくぼんやりしていた。

やがて、がらんとした明るいホームを歩きだした。

本書は、株式会社新潮社のご厚意により、新潮文庫『きつねのはなし』を底本としました。但し、頁数の都合により、上巻・下巻の二分冊といたしました。

きつねのはなし　上

(大活字本シリーズ)

2024年5月20日発行（限定部数700部）

底　本　新潮文庫『きつねのはなし』

定　価　（本体2,900円＋税）

著　者　森見登美彦

発行者　並木　則康

発行所　社会福祉法人 埼玉福祉会

埼玉県新座市堀ノ内3―7―31　〒352―0023

電話　048―481―2181

振替　00160―3―24404

印刷製本所　社会福祉法人　埼玉福祉会 印刷事業部

ISBN 978-4-86596-645-9

大活字本シリーズ発刊の趣意

現在，全国で65才以上の高齢者は1，240万人にも及び，我が国も先進諸国なみに高齢化社会になってまいりました。これらの人々は，多かれ少なかれ視力が衰えてきております。また一方，視力障害者のうちの約半数は弱視障害者で，18万人を数えますが，全盲と弱視の割合は，医学の進歩によって弱視者が増える傾向にあると言われております。

私どもの社会生活は，職業上も，文化生活上も，活字を除外しては考えられません。拡大鏡や拡大テレビなどを使用しても，眼の疲労は早く，活字が大きいことが一番望まれています。しかしながら，大きな活字で組みますと，ページ数が増大し，かつ販売部数がそれほどまとまらないので，いきおいコスト高となってしまうために，どこの出版社でも発行に踏み切れないのが実態であります。

埼玉福祉会は，老人や弱視者に少しでも読み易い大活字本を提供することを念願とし，身体障害者の働く工場を母胎として，製作し発行することに踏み切りました。

何卒，強力なご支援をいただき，図書館・盲学校・弱視学級のある学校・福祉センター・老人ホーム・病院等々に広く普及し，多くの人人に利用されることを切望してやみません。